1LDK 一房兩廳三人行 2JK

～這份心意無法深藏心底～

「你回來啦。」
拖著疲憊的身體下班回家，
兩人溫暖的招呼聲迎接我。

倉知奏音
上班族駒村的表妹，女高中生。因為母親失蹤，開始借住在駒村家。擅長家事，但是對讀書不太在行。
「嗚～～……真的就是不懂～～
……搞不懂～～
……腦袋快爆炸了……」
奏音趴在桌上嘀咕著。
下巴抵著題庫，
只把視線投向我。
「欸，和哥以前念高中的時候
擅長什麼科目？」
「數學吧。」
「哇，看起來就很會算的樣子。」
「看起來很會算，真是不好意思喔。」

陽葵

因為意外的契機住進駒村家的女高中生。
夢想是成為插畫家，目前在女僕咖啡廳打工。

「我、我、
我為主人端水來了……喵。」

異樣顫抖的話語，
伴隨著非常耳熟的嗓音。
抬頭一看，和其他女僕同樣
戴著貓耳與貓尾巴的陽葵
端著托盤走向我們，
托盤上擺著水和濕紙巾。
別在胸前的名牌用可愛的
圓潤字體寫著「栗子」。

「我一直喜歡著你……喜歡和樹，
遠在那兩人之前。」
道廣友梨
與駒村同年的童年玩伴。
目前是打工族，在咖啡廳
工作。

一房兩廳三人行

1LDK 2JK

～這份心意無法深藏心底～

2

福山陽士

插畫／シソ

Kadokawa Fantastic Novels

彩頁、內文插畫／シソ

目錄

第1話　傳單與女高中生

事情發生在五月的尾聲。

「和哥，這個拿去。」

用過晚餐，坐在客廳的沙發上悠哉地打發時間時，奏音朝我遞出一張Ａ４的傳單。

那是什麼？是學校發的通知嗎？

高中也有教學參觀日嗎？

萬一真有需要，就由我擔任監護人——思考即將踩下油門時，我看到傳單上的文字，瞬間嚇傻。

「這是——園遊會？」

傳單上畫著可愛的熊與氣球等插圖。

氣球上以手書粗體字寫著「祭」（註：日本園遊會稱作「文化祭」）。

園遊會啊，真是令人懷念的名詞。

自從出了社會，完全沒機會參與學校的園遊會之類的活動。

「會在六月底舉辦。」

「哦～～選在六月還滿少見的耶。」

「會嗎？」

「我的學校選在秋天。」

這時陽葵從我旁邊探頭看向傳單。

不過，她似乎注意到臉和我靠得很近，立刻就紅著臉說：「不、不好意思！」與我拉開一小段距離。

我不點破她的反應，再度把視線往下移向傳單。

「我以前上的高中也是秋天，在運動會之前。」

「這部分不一樣呢。我的高中是排在運動會之後。」

原來如此。

每個學校安排活動的時期都不同嘛。

話說這種事是依據什麼基準在安排？

「然後，我們學校的園遊會要憑門票進場……那個，不嫌棄的話，你們兩個都來吧？」

奏音有些遲疑地朝我們遞出水藍色的門票。

「既然這樣，我就收下了。」

「嘿嘿嘿，多謝惠顧。」

「小奏，我也可以拿嗎？」

「當然可以啊。陽葵妳願意來的話，我會很高興。」

「…………嗯！」

陽葵收下門票，眉開眼笑。

奏音也害臊地微笑。

「話說要憑門票進場喔？我第一次看到這種規定。」

在我以前上的高中，園遊會並未特別設限，全面對外開放。

「我們高中以前好像是女校，女生的比例特別高，聽說因此常常發生問題……所以從前年開始改成這種制度。」

「原來如此……」

畢竟就連男女混合的學校也會有些男生為了女學生而來。

女生比例高的話就更不用說了吧。

「順便問一下，妳們要做什麼？一樣會開店之類的嗎？」

「其他班好像是選這類，然後我們班要開的是角色扮演咖啡廳。」

「角色扮演咖啡廳？」

陽葵的眼神似乎綻放光芒。

如我所料，她對這方面特別有興趣。

「對。和陽葵的打工應該有點像吧？所以要是有搞不懂的地方，也許會問陽葵。」

「我很樂意喔。只要有我幫上忙的地方，什麼都可以問。」

聽奏音這麼說，陽葵興奮地握緊拳頭。

幹勁十足啊。

「順便問一下，角色扮演要扮哪種？」

在我看來，光是「女高中生」的打扮就像是一種天然的角色扮演了。

不過她們肯定會覺得噁心，別說出口為妙。

「嗯～～好像有很多種吧？其實我那時候在發呆，都沒聽清楚，啊哈哈。」

「拜託，討論的時候要仔細聽啊。」

由此可見奏音平常大概不太參與班級會議吧。

話雖如此，她似乎並未感到不滿。她對這類活動的態度大概是得過且過。

「剩下的門票要給誰……可以給友梨小姐嗎？」

「她說過明天或後天會再來。到時候再問問她吧。」

——於是，我們等待友梨在下班後造訪，過了一天。

友梨提著裝有數種化妝品的白色小紙袋，再度與我一起回到家。

坦白而言，友梨宣稱自己要成為「共犯」時，我確實有點慌了，不過在那之後並未發生什麼問題。

豈止沒問題，我發現「能對別人提起陽葵的存在」讓我心頭的重擔變輕許多。

我絕非討厭陽葵，但我似乎在不知不覺間累積了不少壓力。

哎，畢竟一旦曝光就會有警察找上門啊……

就這方面來說，友梨可以信賴。

「那個……友梨小姐下個月最後一個星期六有空嗎？」

奏音由下往上注視著友梨，如此問道。

友梨坐在沙發上，從紙袋中取出化妝品。她先是睜圓了眼睛，搜索記憶般仰頭。

「這個嘛～～我記得那天老家有法事……怎麼了嗎？」

奏音說明了園遊會的日期後，友梨的眉毛明顯彎曲下垂。

「怎、怎麼會……我好想去……！不過法事實在不能缺席……可是可是，奏音學校的園遊會……嗚嗚～～」

泫然欲泣的友梨抱住奏音。

一把年紀的大人是在幹嘛啦。

「友、友梨小姐，胸部，有點……」

友梨的胸部和奏音的臉頰互相壓迫，擠成柔軟的曲線。

嗯……………………

——這不是重點。

看到友梨這樣的態度，奏音似乎也只能苦笑以對。

對話戛然而止。

陽葵不知為何一直盯著兩人看。

該不會覺得奏音好像被搶走了吧？

「兩位看起來都輕飄飄軟綿綿的，居然能親眼目睹這樣美妙的構圖……一定要烙印在心底才行……」

陽葵擺出認真的表情呢喃說道。

想成為插畫家的人感性果然有點與眾不同……

「和輝會去園遊會嗎？」

友梨還是摟著奏音不放，並且看向我。

不知為何，眼神有點恐怖。

「啊～～會啊。」

「唔！好詐……」

「友梨也有妹妹吧？」

「我妹他們高中的園遊會好像完全是校內活動，所以我從來沒去過……」

「是這樣喔。」

「所以成年之後沒機會參加高中的園遊會。我也好想吸收年輕孩子的活力喔～～」

「不要說得好像吸血鬼一樣。」

聽起來有點變態喔。

況且友梨的妹妹就是高中生，應該每天都在吸收年輕的精華吧……呃，這一點我也一樣就是了。

別再繼續想下去了。

「奏音，明年也有園遊會吧？明年可以再邀我嗎？」

「應該吧……如果制度和今年一樣，我會再邀請妳。」

「謝謝妳～～嗚嗚……我會忍耐到明年……」

友梨更用力地抱住奏音。

奏音感到傻眼，輕拍友梨的頭。

到底誰才是大人啊……

就是因為有這一面，每當聽到人家說友梨「很成熟」，我總覺得沒這回事。

不過，明年啊——

出自友梨口中的這個字眼頓時吸引了我的思緒。

別說明年了，當下的同居生活到下個月會變成什麼樣——我自己也完全無法想像。

和友梨一起吃過晚餐後，我移動到盥洗室。

「——就是這樣，我只問了那傢伙的聯絡方式。」

『這樣啊……』

電話另一頭，老爸散發出凝重的氣氛。

老爸再度打電話過來詢問奏音的狀況。

我還是向他報告了幾天前發生的「村雲襲擊事件」，不過細節部分我選擇避重就輕。

至於陽葵的存在，理所當然我從未對老爸提起。

「話說，媽怎麼樣——」

『恢復得很順利，醫生說這個月就能出院了。』

「……太好了。」

我暫且放心了。

不過，我還有其他擔憂。

所以我決定先下手為強。

「我說老爸，媽出院之後，我還是會繼續照顧奏音。」

『你願意幫這個忙當然是最好啦……你那邊沒問題嗎？』

「奏音的學校離我家這邊比較近，她一定也比較方便吧。此外，奏音她才漸漸習慣，這種時候環境又要改變，對她也不好。」

『話是這麼說沒錯……』

奏音原本先向我老家求助。

哎，這也是理所當然的選擇（而且她根本不知道我家的位置）。就我媽的個性來想，她很可能會說「歡迎來我家住」。

假設真的如此，就只剩我和陽葵兩人住在這個家。

我有自覺現在的生活成立於不穩定的平衡之上。

所以一旦奏音離開這個家，陽葵的存在曝光的風險肯定會上升。

我想避免這種狀況。

我實在討厭自己這種會算計的個性。

但就算撇開陽葵的問題不談，我還想多吃一點奏音做的飯——這部分同樣發自內心。

當然，我不會說出口就是了。

『不過和輝啊，該不會其實是奏音反過來在照顧你吧？』

「才、才沒這回事。」

我不禁有些慌了。

因為在炊事方面，這個擔子現在完全落在奏音的肩膀上……

『真的嗎？在奏音面前可別醜態百出啊。』

「我知道啦。要掛斷了喔。」

我不想聽老爸繼續吐槽，強硬結束通話。

走出盥洗室，包含友梨在內的三位女性正愉快地有說有笑。

桌上擺著許多色彩鮮艷的小容器。

那些是什麼啊——指甲油嗎？

「這個藍色系有加亮片的很可愛耶。啊，不過我好像也喜歡這邊的珍珠色澤……嗯～～好難選。」

奏音不停更換手中的小容器，手扶著下巴。

「呵呵，奏音好像特別喜歡閃閃發亮的呢。陽葵呢？」

不同於興奮的奏音，陽葵聽友梨這麼問，也只是靜靜地坐著。

「我——過去沒用過這類東西……不是很有興趣——」

陽葵說到這裡，我正好與她對上視線。

陽葵低聲驚呼：「啊！」不知為何連忙掩飾說：「不、不過我喜歡看喔！我覺得粉彩色很可愛！」

不管女生對打扮有沒有興趣，我個人完全不在意就是了。

「欸，陽葵，可以幫我塗指甲油嗎？」

「咦！」

聽到奏音突如其來的提議，陽葵的肩膀倏地顫動。

「因為陽葵也很會畫圖嘛～」

「不過我沒塗過指甲油，不知道會不會搞砸……」

「現在試試看不就好了，妳選色應該也很有品味嘛。就這樣決定了，來試試看吧～」

奏音滿臉笑容，把手伸向陽葵。

陽葵起初有些不知所措，但隨後便說：「要是失敗就對不起了……」接著靜靜地把手伸向指甲油的瓶子。

我想自己還是別一直盯著看比較好。

我躲進自己的房間，決定來玩放置了一段時間的手機遊戲。

客廳斷斷續續傳來愉快的笑鬧聲。

「陽葵真的很行耶。沒有人馬上就會塗這種漸層啦，超漂亮的耶。」

「是、是喔……」

「嗯嗯。我第一次塗的時候，有一部分也是因為選了消光質感的指甲油，結果顏色看起來不均勻，讓我心情消沉好久。我也可以請陽葵幫我塗嗎？」

「好、好的，不嫌棄的話……友梨小姐想用什麼顏色為主？」

「嗯～～這個嘛……」

因為她們的對話幾乎像在為我即時轉播，我待在自己的房間也能大略想像色彩。

雖然話中提及的名詞我只是一知半解。

在這之後三個人談天說笑，度過了一段愉快的時光——

「啊，和輝，我差不多該回去了。」

聽友梨拉高音量說道，我看向時鐘，發現剛過晚上八點半。

已經這麼晚了啊。

只是聽著她們的對話，隨意玩著手機遊戲，時間就這麼過去了。

我走出房間來到客廳，看見桌上排列著五顏六色的指甲油。

原來友梨帶了這麼多種類喔？

此外，屋裡也隱隱約約飄著一股有機溶劑的味道。

得打開通風扇。

友梨已經準備好要離開，正在穿鞋子。

我們來到玄關送友梨。

「不好意思，今天打擾到這麼晚。和輝，我之後再過來。」

「噢，路上小心。」

「嗯。奏音和陽葵，今天謝謝妳們招待。」

「我們才該道謝。」

「晚安。」

奏音和陽葵笑著揮手後，友梨走出玄關。

兩人的指尖色彩鮮豔，牽動我的視線。

大概是注意到我的視線，奏音立刻把手秀給我看。

「和哥，你看，這是陽葵幫我塗的喔。」

「哦～～很厲害耶。」

「對呀。」

那是淡藍色與黃色的漸層，指尖處則有閃閃發光的亮片。

我對指甲油完全沒興趣，甚至認為女性的指甲自然就是美。

不過單論色調的話，我覺得很漂亮。

「那個，我的則是請友梨小姐幫忙塗的……我是第一次塗指甲油……會不會很奇怪？」

陽葵也這麼說著，畏畏縮縮地把手擺到我眼前。

她的是簡單的粉紅色，看起來很光滑。

此外唯獨兩隻手的小指額外畫了白色蝴蝶。

因為友梨不可能畫得這麼漂亮，大概是貼紙吧。

「不會，滿可愛的啊。」

「真、真的嗎？」

「嗯。」

「好耶……！」

陽葵的臉龐倏地綻放光芒。

再三強調也許囉嗦，但我真的對指甲油毫無興趣，因此無從判斷優劣。不過我覺得滿適合陽葵的形象。

友梨不愧是當姊姊的，選擇有她的品味。

「好了，妳們兩個。誰要先都可以，早點去洗澡～」

「好～」

兩人回答後離開玄關。

走向房間的同時，兩人彼此互看，「嘿嘿嘿」、「呵呵呵」地相視而笑。

我是搞不太懂，不過她們看起來很開心。

只是指甲塗了顏色，心情就能這麼愉快，讓我有點羨慕女高中生。

第2話　青春痘與女高中生

度過換季時節，在六月大家都換上了短袖。

細數最近發生的事情，我發現友梨造訪我家的頻率變高了。

除了給奏音和陽葵的日用品，最近還會帶甜點當伴手禮過來。

我是覺得很感謝，但每次都拿免費的東西也有點不好意思。

話雖如此，因為我喜歡甜食，並不覺得反感，反倒很開心。

畢竟甜點之類的，實際要買價格也不低。

奏音雖然會買零食，但是這種甜點類因為價格偏高，沒有買回來過。

所以，今天友梨的伴手禮是奶油泡芙。

好像是從我公司附近的蛋糕店買來的。

盒子上印著店名，這名字我還是第一次看到。

哎，我也不曾特別去記住這類店家的名字就是了。

坐在客廳的沙發上，我們馬上開始享用奶油泡芙。

「咦……這什麼啊，好吃耶！」

才吃了第一口，奏音便驚呼道。

陽葵也不管臉頰上沾著奶油，默默地嚼著。

著迷了啊。

至於我則是一口接一口慢慢品味。

泡芙裡面塞滿了柔滑的卡士達醬，以及不會太甜的鮮奶油。

外皮則是口感酥鬆，真的很美味。

便利商店賣的甜點實在無法與之抗衡。

一瞬間就在我心目中的甜點排行榜上名列前茅。

我用眼角餘光再度確認盒子上的店名。

嗯…………改天偷偷去一趟好了。

吃完後，奏音立刻就去洗澡了。

今天陽葵排在後面。

「嗯～～…………」

準備回家的友梨一臉嚴肅地觸摸自己的額頭。

「友梨小姐，請問怎麼了嗎？」

陽葵有禮地輕聲問道。

若有奏音在場，陽葵的態度會平常一些，不過只剩友梨的時候還是有點見外的氣氛。

哎，因為兩人的個性都比較內斂吧。

「沒有啦，只是額頭好像長了青春痘……早上明明沒有啊。」

友梨苦笑著回答。

「啊，我昨天下巴也長了。」

「呵呵，我們一樣呢。」

「友梨這年紀已經不能叫青春痘了，是膿——」

我的話語戛然而止，因為友梨用刀刃般的銳利視線瞪向我。

「……沒事。」

「嗯？」

「那就好。」友梨說道，恢復平常的笑容。

在她身旁，陽葵一臉害怕的表情，用眼神對我訴說：「剛才那樣神經實在太大條了，駒村先生……」

確實太輕率了。

即使是童年玩伴，對女性還是不該隨便提起年齡——

我將這條戒律深深刻在心頭。

坦白說，剛才那是我在友梨臉上見過最可怕的表情……

就在這個時間點，盥洗室的門開了。

「真是糟透了～～長痘子了啦～～」

「…………」

奏音用悠哉的語氣抱怨著走出盥洗室，我們不約而同地注視著她。

「咦～～？大家怎麼了……？」

突然遭到視線的集中轟炸，奏音不知所措。

該怎麼說，未免太不巧了。

話說，為什麼她們統統在相近的時間點長痘子啊。

剛才的奶油泡芙對大家來說太奢侈了嗎？

「呃，沒事……」

「等等，明明就有事吧？很明顯有事吧？」

奏音，拜託妳別繼續深究了……

笑盈盈的友梨看起來又變得有點恐怖了。

※　※　※

在客廳鋪棉被的同時，奏音突然想到什麼似的低聲說：「對了。」

「『喜歡、被喜歡、甩人、被甩』，有這種說法吧？國中時，一旦長了青春痘，大家都會這樣起鬨。」

奏音臉頰有些泛紅地說道，陽葵只是愣住了，睜圓雙眼。

「那是什麼啊？」

「咦…………真的假的？妳沒聽過喔？」

聽陽葵這樣回答，這回輪到奏音睜大眼睛。

「嗯……和青春痘有什麼關聯嗎？」

「算是一種戀愛占卜吧……長出青春痘的位置就是，那個——顯示自己對於心上人的立場……」

奏音害臊地用指頭搔著臉頰說道。

似乎是因為「心上人」這個字眼而不由得害羞。

陽葵反倒是雙眼綻放好奇的光芒。

「我、我想知道！」

「妳不用這麼激動，我會好好解釋啦。」

看到陽葵太過純真的反應，奏音連忙安撫。

陽葵這樣的一面讓她也有些羨慕。

「那就按照順序開始說喔。長在額頭上的青春痘是『喜歡』，這是指自己喜歡，所以是單戀吧。」

「哦……那下巴呢？」

「『被喜歡』，就是現在有人喜歡妳。」

「咦──」

陽葵的指尖輕觸長在下巴的青春痘。

見陽葵臉頰泛紅，奏音似乎有話想說，她指向自己的下巴。

「順帶一提，我的也是在下巴。」

兩人對看，對彼此苦笑。

大概──不，正因為她們肯定正想著同一件事，兩人同樣有些失落。

「這顆青春痘的『被喜歡』，大概是指那個吧，親情之類的？」

「嗯，大概是吧……」

不過，絕非在心上毫無分量可言。

兩人硬是把思考轉向正面。

「順便問一下，剩下兩個呢？」

「這個嘛，左臉頰是『甩人』，右臉頰是『被甩』。」

「這……無論如何都要預防痘子在右臉頰冒出來……」

見陽葵表情認真地說，奏音也因此心情浮動。

真的不希望在右臉頰冒出痘子啊。

兩人認真的心意甚至讓她們的心情因為沒有根據的迷信而起伏。

「好，既然這樣，不只是洗臉，還要注意飲食和熬夜之類的。」

「啊～～！說的對！小奏，我們早點睡吧！」

陽葵急忙鑽進被窩的模樣看起來很滑稽，奏音不由得噗哧一笑。

自從知道她們喜歡同一個人，確實讓她有種複雜的心情。

然而無從厭惡陽葵的心情更在那之上。

※　※　※

第3話 練習與女高中生

今天我同樣還算努力地工作，回家後吃過晚餐，悠哉地休息。

自從和兩人一起生活，我已經完全習慣這樣的生活規律。

有些日子回到家後我會立刻洗澡，不過今天的入浴順序，我排在最後。

因此我現在沒特別做什麼事，只是在客廳打發時間。

現在是奏音在洗澡。

和兩人一起生活後，我發現女生洗澡真的要花很多時間。

最短三十分鐘，慢的時候甚至會到一小時。

感覺還會花上好一段時間，先看電視好了。

當我把手伸向遙控器時，陽葵從我的房間走出來。

「那個，駒村先生，有點事想拜託你……」

「嗯？怎麼了？」

「希望你陪我練習……」

「練習什麼？」

是練習畫畫嗎？

我能幫上什麼忙嗎？該不會是要我當模特兒？——我才剛這麼想，陽葵隨即忸忸怩怩地回答：

「練、練習接待客人。」

「接待客人……？該、該不會是在說打工那邊的……？」

我一瞬間搞不懂意思，但很快就理解了。

「是的。在小奏洗澡的這段時間就好……」

「要練習就來練吧。」

「真的嗎？謝謝你！」

陽葵率直地表達喜悅，不過我萌生些許疑問。

她感覺並不怕生，我原本以為她應該很擅長接待客人。

「話說回來，我有點意外。」

「咦？什麼事意外？」

「我以為妳應該差不多習慣打工了。」

「這個嘛……工作內容大致上都習慣了，但口吻一直不太習慣……」

「口吻？」

陽葵欲言又止般視線四處游移，神情顯得有些害臊，最後下定決心似的說：

「那個……話說完一定要加上『喵』，但是我時常忘記……」

「喵？」

對我來說，那是超乎想像的衝擊。

「對，女僕都是貓咪——這就是那間主題咖啡廳主打的特色。」

「原、原來是這樣……？」

我對女僕咖啡廳懷抱的印象全部來自電視節目的介紹。

女僕們在店門口排成一列說「主人，歡迎回來」，並且真心誠意地招待顧客——我的知識只有這種程度，因此聽了陽葵的說明有點吃驚。

這世上還有許多我不知道的世界啊……

「所以，我想請駒村先生扮演客人……現在方便嗎？」

「既然是為了工作，就幫妳這個忙吧。」

「謝謝你！我想想……那就請你稍等一下喔。我也要做點準備『進入狀況』。」

「進入狀況？什麼狀況？」

「就是扮演女僕！畢竟家裡和店裡的氣氛完全不一樣，我也需要一點勇氣！」

陽葵滿臉通紅地說明後，移動到客廳角落。

之後她摀住耳朵，小聲地開始呢喃：「唔～～……」

原來如此……就是所謂的「入戲」吧。

也就是說某種角度來看，女僕或許也很類似演員。

過了幾秒鐘，陽葵轉頭看向我——

「讓你久等了，可以開始了！那麼駒村先生，請你從『剛進店門口』開始！」

「喔、喔喔……」

我不太清楚該怎麼做，不過既然我說要陪她練習，只能硬著頭皮上場。

我先走出客廳，關上門。

停頓一拍後，再度走進客廳。

一拉開門，就看見陽葵以筆挺的姿勢站在眼前。

她以笑容迎接我入室。

「歡迎回來…………喵！主人！」

喂，馬上就有段不自然的空檔耶……

陽葵也一瞬間露出驚覺的表情。

哎，這就是練習的目的，還是別吐槽了吧。

「請、請往這邊的座位喵。」

這次就沒問題了。

陽葵領著我來到沙發。

我聽從她的指示，坐到沙發上。

陽葵把原本就擺在桌上的奏音的數學教科書放到我面前。

「您今天也辛苦了……喵。請、請從這份菜單選擇今天的菜色喵！」

她像是為了掩飾失誤，稍微拉高音量。

加油啊。

我不由得在心中為她聲援。

看來陽葵似乎容易在剛開口的時候忘記加「喵」。

不過我想這種問題除了「習慣」，別無他法。

總之我先好好扮演客人的角色吧。

我隨手翻開充當菜單的奏音的教科書——

「……嗚哇。」

我不由得發出聲音。

因為教科書的角落畫著八成出自奏音之手的塗鴉。

而且數量還不少。

看了就讓人沒力的懶散貓臉；或是在數字的「2」多加幾條線畫成鴨子；又或者是寫上「↑陷阱題。煩死了」的抱怨。

別在教科書上寫抱怨啦……

不過奏音的塗鴉滿有特色，雖然稱不上多好看。

「這該不會是妳的同伴？」

我指著那張懶散的貓臉，如此詢問陽葵。

「這、這孩子是……雖然種族相同，不過是別人家的貓……喵。」

陽葵強忍笑意，肩膀不停顫抖。

奏音的塗鴉似乎稍微戳中了她的笑點。

這樣也許有點壞心眼，不過在女僕咖啡廳可能真的會有客人提出這種預料外的疑問，應該會是不錯的練習吧？我不清楚就是了。

「呃～～有沒有推薦的菜色？」

「本店最有人氣的是『特製☆蛋包飯套餐』喵！」

「這樣啊。那就——」

「可是可是，最近這道『元氣十足☆肉醬義大利麵套餐』同樣人氣沸騰！我也吃過了，非～～常好吃喔！套餐選項中還能額外與貓女僕合照，或是欣賞我們的舞蹈秀，兩種附加方案任您選擇！」

陽葵精神充沛地為我介紹各種方案，不過——

「陽葵，妳忘了『喵』喔。」

「啊——！」

陽葵愣了一瞬間，沮喪地垂下肩膀。

「唉，我這樣不行……我必須真的變成貓……這代表我的演員熱情不夠。不對，是我對貓不夠投入嗎……？唔～～不行。我必須更像貓！」

「呃，不過妳其實是女僕吧？」

我不由得吐槽。

「我是女僕沒錯，但我是貓。雖然我是貓，但其實是女僕！」

陽葵握緊拳頭如此強調。

……我是聽不太懂，不過在女僕咖啡廳工作好像也很不容易啊。

「這只是我個人的意見啦……應該用不著強迫自己『每次都一定要加上喵』吧？」

「咦？」

「我覺得之後再補上也不成問題。重點不是『喵』，而是努力取悅客人的態度吧？不過這只是門外漢的意見啦。」

坦白說，我覺得包含連忙修正這點都很可愛就是了。

不過我不曉得這在店裡算不算合格。

陽葵先是睜圓了雙眼好半晌，最後點了頭。

「駒村先生說得對……為了客人——我差點就忘了這份心情。謝謝你，駒村先生，今後我也會用我的方式繼續努力！」

這時，盥洗室的門開啟的聲音傳來。奏音洗完澡了。

我和陽葵連忙離開奏音的教科書。

剛才看見她的教科書上的塗鴉，這件事若被發現可能會有不好的下場。

奏音沒走進客廳，而是筆直地走向冰箱。大概是剛出浴想補充水分吧。

奏音拿著杯子走進客廳。

「啊，陽葵～～運動飲料沒了，我先把妳的份裝到杯子裡了喔。」

「嗯，我知道了。謝謝喵！」

「咦？什麼？喵……？」

奏音一臉納悶地看著陽葵。

大概是因為剛才在練習，一時之間脫口而出了吧……

「啊！——沒、沒什麼啦……」

當下難堪的氣氛，就連旁觀的我也覺得難以消受。

第4話　爭吵與女高中生

※　※　※

「我回來了～～」

「小奏，妳回來啦～～」

奏音放學回到家，陽葵以笑容迎接她。

今天陽葵有排打工，不過似乎比較早到家。

「那個，小奏，有些事想跟妳說……」

「嗯？」

陽葵戰戰兢兢地開口。奏音歪過頭。

從她的神情來看，大概是嚴肅的話題吧。

奏音先把書包放在客廳，之後與陽葵並肩坐在沙發上。

「有什麼事？」

「嗯，那個——駒村先生的生日，妳有什麼打算嗎？」

「啊——」

奏音不由得喊出聲。

之前友梨來的時候，她曾經輕描淡寫地詢問和輝的生日。

得到的答案是六月七日。

已經快到了。

友梨大概會準備蛋糕吧——她有這樣近乎確信的預感。

奏音已經感覺到友梨也對和輝抱持著特別的情愫。

若非如此，當她知道陽葵的事時應該會更強力責備。

更何況友梨與和輝說話時的表情再清楚不過地代表了她的心意。

帶著一抹羞赧，臉上發自內心的喜悅笑容彷彿源自胸口雀躍的心跳——

那就是人戀愛時的表情。

因為陽葵也會露出相似的表情，奏音非常明白。

而且自己恐怕也在不知不覺間——

「小奏？」

陽葵的呼喚讓奏音倏地回過神來。

因為剛才思考的事情，讓她突然覺得非常害羞。

「啊，抱歉抱歉。和哥的生日喔？嗯～～該怎麼辦才好？」

奏音為了掩飾而開朗地回應，但反應似乎稍嫌誇張。

不過陽葵好像沒發現，只是和奏音同樣低吟著：「嗯～～……」

奏音在心中鬆了一口氣，思緒轉向和輝的生日。

「要買禮物恐怕有困難啊……」

「嗯……我打工的發薪日是十五日，來不及……」

「況且我也不曉得和哥喜歡什麼……」

一起生活了將近一個月，兩人都清楚感覺到和輝沒有太大的物質欲望。

手錶或電器用品可能讓他開心，不過兩人的荷包當然買不起這類物品。

然而，既然已經得知生日就無法置之不理。

想好好為他慶祝。

更重要的是，自己想為他慶祝。

「先假設友梨小姐會買蛋糕——我們只能做我們能辦到的事啊……」

「既然這樣——我們就負責裝飾房間吧？」

「陽葵妳說的裝飾，是不是用摺紙之類的？像是國小同樂會用的那種？」

「就是那個！比方說，把紙圈串起來做成彩帶。」

試著想像，也許真的能營造氣氛。

而且色紙在平常購物的時候就能順便買到，更重要的是很便宜。

雖然感覺有點幼稚，那樣也許別有一番氣氛。

「反正都要慶祝，乾脆做些和哥喜歡的菜色好了。」

「啊～～這部分我可以幫忙嗎？」

「嗯，可以啊。一起做吧。」

雖然嘴上答應，奏音心中有些五味雜陳。

因為她覺得料理是她對和輝盡可能有所表現的機會。

不過，她也很能理解陽葵想取悅和輝的心情，因此難以拒絕。

無論如何，慶生的方向大致底定。

「明天就要開始準備。要小心不能被駒村先生發現。」

要先藏起裝飾應該沒問題。

只要藏在盥洗室上方的櫃子，和輝大概不會發現。

那裡擺著備用的刮鬍膏以及沒在使用的塑膠杯等雜物，可以想見和輝幾乎不會打開。

「料理的菜色，我明天去買東西的時候會順便想。」

「拜託妳了！」

考慮到和輝的喜好，最後八成會是肉類料理。

（話說回來，生日啊……陽葵的生日是什麼時候呢？話說陽葵會在這裡待到什麼時候？到現在連她的本名都不曉得——）

奏音腦中突然湧現疑問。

這個疑問轉瞬便支配了奏音的腦海。

「我說……」

「嗯？」

「陽葵妳……之後有什麼打算？」

「咦？」

「作品不是送出去參賽了嗎？結果什麼時候出爐？」

「呃……五個月後……」

陽葵難以啟齒地回答。

奏音對這類比賽完全沒有相關知識，不過時間比想像中久，讓她不由得嚇一跳。

「五個月後——不就是秋天了嗎？這段時間要怎麼辦？一直住在這裡嗎？」

「這……」

陽葵陷入沉默。

奏音見狀也明白她大概還沒想那麼遠吧。

正因如此，那份天真讓奏音不禁有些煩躁。

「馬上就要放暑假了吧。在那之前先做好決定應該比較好──」

「這個我知道。雖然知道，我還──」

陽葵的回應吞吞吐吐。

沉默充斥在兩人之間。

陽葵坐立難安，想逃離這個話題。

「……陽葵真是不知福。」

陽葵聽見奏音的低語，吃驚地抬起臉。

不，不可以。

這只是遷怒罷了。

不惜離家出走，寧願自己打工也要繼續畫畫──這般充滿行動力的陽葵是那樣耀眼，擁有自己沒有的東西，教人欣羨。

簡直無可救藥、醜陋的遷怒。

儘管如此，奏音還是無法嚥下已經衝上喉嚨的話語。

「陽葵明明有家可回，也有爸媽啊。我也知道妳覺得爸媽的對待很過分，和爸媽意見不合，家人不支持妳的夢想是很難受沒錯，可是，可是——！」

奏音的口吻越來越激動。

（啊，不行。不可以再說下去——）

奏音腦中另一個冷靜的自己如此警告。

不可以說出口，要忍耐。

但是奏音無法阻止，感情有如混濁的急流衝出喉嚨。

「我從出生那時候就沒有『雙親』！我家只有媽媽，現在那個媽媽也不曉得跑到哪裡去了！我沒有爸媽來擔心我的將來！」

忍不住說出口了。

忍不住吐露心聲了。

淚水自奏音的眼眶滲出。

陽葵擁有她沒有的事物，讓她感到羨慕。

但陽葵卻為此煩惱，看在奏音眼中有如貪得無厭。

既羨慕又不甘心，同時無法原諒有這種念頭的自己——

各種情感在奏音心中互相混合。

像是把所有顏料混在一起，骯髒的感情。

陽葵先是俯著臉，不久——

「我、我也一樣啊！我又不是自願生在那個家！」

陽葵以尖銳的口吻反駁。

她的眼眶也浮現淚光。

陽葵對自己任性的行為肯定也有自覺吧。

正因如此，她的身段總是特別低。

其實奏音也明白。

「————！」

陽葵用手臂使勁抹去眼淚，衝進和輝的房間。

奏音當場癱坐在地。

自己說了很過分的話。

剛才陽葵那句話打醒了她。

誰都無法選擇自己要生在哪個家，也無法選擇自己的父母。

為此悲嘆，甚至對別人洩憤也沒有任何意義。

罪惡感、後悔以及無可奈何同時湧上心頭。

好一段時間，奏音在客廳裡靜靜地啜泣。

※　※　※

「……我吃飽了。」

「…………」

陽葵放下筷子，如此輕聲說完便離開餐桌。

隨後她迅速把餐具放到流理台，走出廚房。

奏音對此沒有任何反應，只是默默地喝味噌湯。

空氣好沉重…………

自從我下班回家，這兩人一直呈現這種狀態。

雖然我明白她們八成是吵架了，對於理由卻毫無頭緒。

要是輕率地介入也許會讓事態惡化，無法隨便開口詢問。

不過，當下這種氣氛實在令人很不舒服……

「啊，呃～～……這、這味噌湯的海瓜子，味道很海瓜子呢。」

「…………」

我再也無法忍受尷尬的氣氛，被逼到最後不知為何吐出了冷笑話。

不，不是這樣。我真的不是故意的。

我只是不知道該說什麼，脫口而出的就是這句話。

奏音投出冰一般的視線瞥了我一眼。

「又沒什麼特別的。」

她輕聲呢喃，隨後把白飯送進口中。

…………………………真痛苦。

現在我很能體會搞笑藝人冷場時的心情了。

下次我在電視上看到冷場的諧星，大概能懷抱更寬容的心吧。

話說回來，原來這兩人也會吵架啊。一直以來明明那麼要好，讓我格外吃驚。

也因此有些擔心。

這種狀態會持續多久——

「和哥，你還沒吃完喔。」

「喔？啊、噢。」

奏音輕聲說「我吃飽了」，起身離席。

我連忙把飯扒進口中。

這一天，一直到我就寢，兩人間的氣氛都沒有改變。

等我明天下班回家再好好問她們吧……

※　※　※

兩人平常總是在客廳一起打地鋪睡覺。

不過今天兩床棉被之間隔了好一段距離。

奏音在等待道歉的機會，但是在那之後，陽葵一次也不曾正眼看她，也沒有跟她說話。

（雖然是我有錯在先……可是……）

『妳打算在這裡待到什麼時候？』奏音不覺得自己提出關於期限的疑問有錯。

雖然起初是自己讓陽葵留在這個家，但這個問題所有人遲早必須面對。

奏音後悔的是不應該在這時提起。

因為上一個瞬間，兩人明明還在興高采烈地討論如何幫和輝慶生。

（對了，和哥的生日……）

必須事先準備。

但是，現在奏音實在提不起勁。

總之還是先睡吧——

奏音把棉被往上拉蓋過頭。

為了避免聽見陽葵的呼吸聲。

隔天早上，兩人同樣沒有交談地吃完早餐。

不只是奏音去上學時，就連和輝出門上班，陽葵都沒有走出房間。

傍晚——

奏音手拿鑰匙，佇立在玄關大門前一動也不動。

一想到要與陽葵面對面，就讓她心情沉重。

今天在學校也是滿腦子想著陽葵。

甚至連朋友都對她說：「奏音今天好像常常在發呆喔。」

不過，總不能永遠不進家門。

奏音先深呼吸一次，下定決心後轉動鑰匙。

「我回來了～～……」

家裡沒傳來任何反應。

在玄關沒看見陽葵的鞋子。

（對了，今天她要打工──）

一想到這裡，不安在奏音心中急遽膨脹。

要是陽葵就這樣再也不回來，那該怎麼辦才好──

奏音無法斷言這絕不可能發生。

因為陽葵是真的離家出走才來到這裡，也擁有在這種狀況下應徵打工的行動力。

昨天那件事也許加深了陽葵在這個家待不下去的心情。

更重要的是，也許她已經討厭奏音了。

奏音連忙掃視和輝的房間。

陽葵的個人物品和衣物都還在。

不過在這種狀況下，就算個人物品都在也完全無法放心。

因為陽葵當初離家出走就連換穿衣物都沒帶齊全。

她真的能把身外之物都丟在這裡，就這麼逕自離去吧。

在這瞬間，奏音腦海浮現了母親不再回來，寂靜的自家──

「啊，怎麼辦……」

奏音毫無意義地在客廳來回踱步。

就在這時，玄關大門的鎖傳來喀嚓聲響。

「————！」

奏音馬上就走向玄關。

但是回來的不是陽葵，而是和輝。

「我回來了——呃，奏音怎麼了，表情這麼悲痛？」

「和哥……怎麼辦……」

奏音哭喪著臉，向和輝解釋了事情的原委。

※　※　※

「原來是這樣……」

聽奏音說明昨天的狀況後，我背倚著沙發，不由得深深嘆息。

「我覺得陽葵的煩惱太奢侈了，因為我爸媽把我丟下不管……不過每個人都有各自的煩惱嘛……」

「奏音……」

奏音坐在沙發上，垂下頭。

她看起來對於自己脫口說出的話感到非常懊惱。

「還有就是，我覺得陽葵都沒考慮未來的事情——不過，其實我也什麼都沒想過……一開始明明是我拜託陽葵住在這裡，結果卻遷怒到她身上……」

「不對，陽葵這部分是我的責任。是我沒先具體設想日後的問題，是我不好……」

「和哥……」

我們明知道當下的生活有問題，卻刻意不去思考。

故意避而不談。

逃避現實。

不過，也差不多該認真面對了。

因為陽葵「參加比賽」這個行動已經付諸實現了。

不過，結果出爐得等五個月啊——

這麼長一段時間，總不能讓陽葵一直住在我家吧。

真的得認真思考才行……

「要是陽葵不回來，該怎麼辦……」

奏音虛弱地呢喃。

「這應該不用擔心吧？」

「可是，陽葵就是個明知無處可去還是離家出走的女生啊……那孩子八成還不打算回家喔……」

奏音俯著臉。

這下我也無言以對了。

如果真是這樣，我也沒有權利攔阻——我一方面這麼想，同時也覺得讓她住進家裡這麼久了，這樣未免太不負責任。

最重要的是，陽葵要再遇到像我們這樣站在她那邊的人，可能性恐怕很低。

「我不希望再有人默默拋下我了……」

奏音嘀咕著說出的這句話讓我頓時驚覺。

原來是這樣……

這才是奏音的真心話吧。

奏音表現得好像不在乎，然而阿姨失蹤在她心中留下的創傷比我想像的還深……

「……我不會去任何地方。」

奏音抬起原本垂下的頭。

「和哥……」

「我不會去任何地方，和妳約好了……哎，反正我也沒有其他地方好去。」

奏音短暫凝視我的臉——

之後點頭輕聲說「嗯」，淺淺地笑了。

我感覺到剛才一直環繞著奏音的沉重氣氛稍微消散了。

這樣就好。我暫且感到安心，這時——

玄關大門敞開。

「————！」

奏音立刻站起身，趕往玄關。

我也緊追在後。

「陽葵！」

陽葵正在脫鞋時，奏音上前用力抱住她。

「小、小奏？」

「陽葵，對不起。對不起……我說了很過分的話，真的很抱歉……」

奏音把臉壓在陽葵的頸邊，哽咽地對她道歉。

「小奏……」

陽葵慌張了一會兒，最後溫柔地拍奏音的肩膀。

「已經沒事了啦。我才該道歉……我想了想，其實小奏沒有說錯，我真的太任性了。」

「才沒有——」

「所以，我今天打工的時候一直在想接下來該怎麼辦。」

聽陽葵這麼說，奏音神情不安地抬起臉。

隨後陽葵轉頭看向我，開口說道：

「駒村先生，我並不打算一直待在這裡。不過現在請讓我先存一點錢，只要我打工存到錢，我就會離開。」

「陽葵……」

「我打算回家一次。不過，我想先買齊之前被爸媽扔掉的用具。雖然駒村先生已經為我買了繪圖板——但我還有很多想要的畫具。我想用自己賺的錢買，這樣一來，也許爸媽就會理解我想做的事……」

「……這樣啊。」

「我會再次面對我爸媽。但是為了這件事，請再給我一點時間……我覺得只要存到錢，就有勇氣回家——」

「如果妳這樣決定了，我也會幫妳。」

「謝謝你……」

語畢，陽葵深深低下頭。

「一旦存到錢——」

奏音靜靜地覆誦陽葵剛才說的話。

「嗯。就時間上來說，大概會到暑假中間——這樣是不是太久了……」

奏音搖頭。

還剩下兩個多月——

一旦期限確定，就突然覺得時間很短。

「我這樣決定了，駒村先生，小奏。我還會在這裡叨擾一段時間。」

「喔，我知道了。」

「嗯。」

這問題暫且告一段落，兩人看起來也和好了。

話雖如此，還有兩個月必須對其他人隱瞞陽葵的存在。

最近漸漸習慣這樣的生活而稍嫌鬆懈，我得重新提高戒心。

「好了，差不多該吃晚飯了。妳們兩個也餓了吧？」

「可是我今天還沒做飯……」

「今晚一餐罷了，我會叫外送，妳就放輕鬆吧。」

老是麻煩奏音做晚餐也不太好意思。

我馬上就拿出手機搜尋附近的外送餐廳。

之前我叫外送都依靠傳單，不過最近我曉得能直接用智慧型手機點餐。

「今天我想吃披薩以外的東西，最好是便當或蓋飯之類。」

「啊，我想吃炒飯。」

「我比較想吃漢堡。」

「妳們協調性是零耶。」

我回憶起先前在美食區的那一幕，不由得苦笑。

幾天後的夜裡——

我躺在床上一面滑手機一面思考某件事。

最近兩人感覺不太對勁。

氣氛和上次吵架時不同。

要具體形容哪裡不對勁——我也答不上來，總之時常撞見兩人竊竊私語的場面。

此外，感覺——四目相對時視線挪開的頻率增加了。

我在不知不覺間做錯了什麼事嗎？

若要一一列舉，恐怕數也數不清。
比方說，因為天氣越來越熱，汗臭味變重了。不只是這樣，也許光是看到我就覺得熱。
或是不經意說出欠缺思慮的話。
或者和大叔共同生活還是很難受。
仔細一想，因為漸漸習慣了當下的生活，髒衣服和餐具也變成累積一些再一併處理。
化妝品和生活用品老是依賴友梨，我還是一樣沒有為兩人買些什麼。
哎，不過這也是因為必須省吃儉用，也算是無可奈何。
不過，這樣下去可能非常不妙，該改的部分就要改正。
人的本性總是會在習慣環境時顯露出來。她們也許正漸漸對我這個人的本性感到傻眼。
我湧現了危機意識，在心中發誓從明天起要檢討自己的生活。
這種時候，回歸初衷就是重點。

隔天早上，我比兩人先醒來。
我煎了三人份的荷包蛋和培根，烤了三人份的吐司，隨後又準備了清湯。
不是我自誇，這頓早餐還真是豪華。
我獨自生活時，從來沒有一大早起來做這麼豐盛的早餐。

「咦？和哥？你已經起來了喔？」

睡眼惺忪的奏音揉著眼睛，來到廚房。

因為平常總是奏音做早餐，果然是奏音比陽葵早起。

「呃，嗚哇！而且早餐已經做好了。這麼突然是怎麼了？」

「我想說偶爾也該由我來做。好了，妳先去洗把臉。」

「唔，嗯……」

奏音擺著一臉狐疑的表情走向盥洗室。

相對地，這時陽葵也起床來到廚房。

「早安……呃，駒村先生！咦？怎麼了嗎？」

「不要和奏音同樣反應。哎，偶爾由我來做也沒關係吧？這裡本來就是我家嘛。」

「是、是這樣沒錯……」

「總之妳先去把頭髮梳好再來吃吧。」

陽葵害臊地按住高高翹起的髮梢，同樣走向盥洗室。

兩人好像嚇到了，但這並非我的本意。

我得藉此挽回我在兩人心中成熟的形象——我思考到這裡，突然發現一件事。

追根究柢，我為何會對她們做出這種矯飾般的行為？該不會我其實怕被她們厭惡——？

身為成年人，我已經決定絕不正眼看待她們的心意。
所以，我的行為應該循著這樣的主旨——但行動卻不自覺地牴觸。
如此一來，會不會讓兩人對我更加親近？
…………不。
就像剛才我對陽葵說的，這裡本來就是我家。
而且我是成年人。
換句話說，我照顧這兩個女孩一點也不奇怪。
我覺得自己做出的結論不太對勁，然而現在也只是等待兩人來到餐桌旁。

「我回來了。」
我下班回家後，開口說出已經十分習慣的招呼。
平常奏音和陽葵應該會來到玄關迎接我，對我說「你回來啦」，今天卻毫無反應。
奇怪？兩人都不在家嗎？
不過她們的鞋子都擺在玄關。
來到客廳時，我聽見兩人的說話聲從我房間傳來。
在我房間——也許正用我的電腦看些什麼？

自從陽葵第一次碰我電腦那一天，我就已經刪除所有可疑影片網站的連結……該不會沒刪乾淨吧？

我偷偷看向房內，發現兩人並肩坐在電腦前方。

我不由得背脊發涼。不過從她們之間祥和的氣氛來看，我想像中的事態似乎沒有發生。真是太好了。

「這個怎麼樣？」

「嗯～～～～真難選耶。啊，剛才的──」

「我回來了。」

「「嗚呀～～！」」

我一出聲，兩人便發出有趣的驚叫聲，猛然縮起肩膀。

「啊……駒村先生，歡迎回來。」

「你回來啦，和哥。抱歉，沒注意到。」

「妳們兩個好像很開心耶。剛才在看什麼？」

「這、這個嘛……」

「祕密。這是女生的祕密喔。」

我好奇歸好奇，然而奏音都這麼說了，我也無法深入追究。

「這樣啊……那我先去洗澡喔。」

「好～～」

我一面鬆開領帶一面走向盥洗室。

她們剛才到底在看什麼啊？

因為她們兩個看起來那麼開心，讓我有種被排擠的感覺——啊，不可以不可以。女高中生想保密的事情，中年大叔問東問西未免太難看。

不過加上兩人最近的態度，還是讓我有些在意。

嗯～～……

不，多想也無益，就泡個澡把這股納悶連同汗水沖掉吧。

對了，明天就花點小錢買些甜點回家吧。

選友梨之前買泡芙的那間甜點店好了。

——於是，我提著裝有蛋糕的盒子回到家門前。

我原本以為傍晚顧客應該不會太多，但是擺明了像我這種「下班順便來一趟」的女性還不少，在狹小的店內讓我覺得有種無處容身的感覺。

不過我選的蛋糕看起來相當美味，這份辛勞應該值得了，我已經迫不及待。

「我回來了～～……」

打開玄關大門的瞬間，我不由得畏縮。

因為家中一片黑。

別說玄關了，就連廚房跟更裡面的客廳都沒有任何燈光。

這是怎麼回事……？

難道是停電了？

總之先查看總開關——我脫下鞋子走進去，就在這時。

電燈倏地亮了。

「喔喔！」

「和哥，生日快樂！」

「祝你生日快樂！駒村先生！」

「生日快樂，和樹！」

砰砰砰！拉炮接連朝我拉響。

全身沐浴在飛舞的紙片中，我愣愣地在玄關站了好半晌。

「生日……」

啊……………

完全忘了這回事……

這幾天我滿腦子都在想她們兩個，完全忘了自己的生日。

尤其我這幾年也沒特別慶祝生日，更是讓我意想不到。

「對啊。我們問過友梨小姐，從幾天前就開始準備了。」

「嘿嘿嘿，就是這樣。那就快點開始慶生吧，駒村先生！」

陽葵牽起我的手，領著我走到飯廳的餐桌旁。

桌上擺著鮮奶油生日蛋糕。

巧克力的牌子上寫著「和樹　祝你生日快樂」。該怎麼說……感覺很害臊……

上次這種牌子上寫著自己名字的蛋糕擺在眼前已經是國小時的事了……

而且當我定睛環視廚房，發現以色紙折成的飾品掛在牆壁和天花板上，甚至還有氣球。

「啊，這些裝飾？其實是參考網路上的做法～這樣裝飾很有派對的氣氛吧？」

原來是這樣……

之前她們兩個一起盯著螢幕，就是為了這個啊。

「話說，和樹，你那個是什麼？那是我之前買泡芙的那間店吧？」

友梨注意到我拿的盒子。

「呃，其實我買了蛋糕回來……但我完全忘了今天是我生日……」

沒想到蛋糕居然會重複。

還真是難得的經驗……

「那今天可以吃蛋糕吃到飽了！呵呵，好期待！」

「還有喔，陽葵和我一起做了炸雞塊，超好吃的！等一下要吃喔。」

「這樣啊。奏音和陽葵，謝謝妳們。」

「嘿嘿嘿，我也一邊跟小奏學一邊努力做了！」

陽葵握拳，面露笑容回應。

看到女高中生當面說「為了你努力了一番」，應該沒有男性會不開心吧。

……雖然我只在心中表達，其實就是很開心。

不過蛋糕加上炸雞塊喔……

算了，這時去想菜色搭配與否未免太不解風情。

各有各的美味之處，這樣不就好了嗎？只要當成聖誕派對就更覺得沒問題。

「好～～接下來要點蠟燭了喔～～啊，太多根也麻煩，一根就好了吧？」

我默默點頭回應奏音。

因為插蠟燭的話蛋糕上面會有洞，我本來就不喜歡。

奏音用瓦斯爐的火直接點燃蠟燭，插在蛋糕上。

我家的確沒有火柴跟打火機，不過這方法還真豪邁……

「來，和樹，要一口氣吹熄喔。」

友梨笑盈盈地催促我。我是幼稚園小朋友嗎？

話說回來，原來在吹蠟燭之前會有這麼害臊的心情啊……

三人份的視線更增長了羞恥心。

不過，我也不能就這樣坐著不動。

我下定決心猛然吸氣，吹熄蠟燭。這瞬間，響起三個人的掌聲。

「接下來，和哥，祝你27歲生日快樂！」

「生日快樂！」

「生日快樂！」

成年之後，這還是第一次有人幫我慶生。

感覺不太自在，卻也覺得自己很沉浸在這種氣氛當中。

這次生日肯定會是無法忘懷的回憶——

我如此確信，並且向三人道謝。

第5話　學校與女高中生

※　※　※

早上——奏音搭著乘車率高到極限的電車前往學校。

陽葵在遇見和輝那天似乎碰上了色狼，不過奏音至今還沒有這樣的經驗。

也許是因為染了一頭明亮的髮色吧。奏音隱約有這種感覺。

（哎，陽葵看上去就很乖巧嘛……）

從這種角度來看，對這類色狼而言，自己看起來就是那種「要是反被纏上會很麻煩」的女高中生吧。

其實陽葵很有主見而且堅強——奏音這麼認為，不過這種個性和是否容易成為色狼的下手目標又是兩回事。

（和哥是不是也喜歡看起來乖巧的女生……頭髮顏色是不是深一點比較好……）

而且童年玩伴友梨也是沉穩型的啊——奏音這麼心想，看著車窗外流動的風景，頓時感到有些憂愁。

「奏音早安～～」

「嗨，早安～～」

一走進教室，同學立刻向她打招呼。

在奏音的座位前方，髮色比奏音淺的兩個女生正愉快地交談。

是由衣子和小麗。

奏音升上二年級後才認識這兩人，但對她而言已經是相處起來很輕鬆的朋友。

露出額頭的是由衣子，將頭髮綁成側馬尾的是小麗。

「啊，奏音來了。早安。」

「早啊早啊。」

「嗯，早安～～」

奏音把書包擺在自己桌上，沒坐到椅子上，而是就這麼坐在桌上準備聽她們聊天。

「對了，有看昨天的演唱會嗎？」

「有啊有啊，妳是說６ｃｈ播的吧？小伊的笑容真的可愛到我心臟都要停了。」

「就是說啊，而且小伊舞步還慢了一點點。」

「這點特別可愛。」

她們興奮地聊著的話題是最近剛出道的年輕男偶像團體。
她們就是所謂的「偶像宅」。
由衣子原本就是狂熱的粉絲，後來才把小麗拉進去當同伴。
奏音也看了昨天的電視轉播，對偶像也抱持一定程度的好感，但是不像她們那麼熱衷。
於是，奏音只是笑著看她們兩人有說有笑。
「怎麼啦，奏音？妳一直在笑耶。心情好？」
「嗯，只是覺得妳們好像很開心。」
「開心啊～～奏音也一起入坑嘛～～這樣我們就能一起去看演唱會了。」
「不用啦，我看電視就很夠了。況且我現在沒錢啊～～」
「是喔？那等妳存到錢，改變心意的話隨時都可以講喔。我已經做好準備要把妳拖進這個無底深坑。」
「啊哈哈，那有需要再告訴妳。」
奏音笑著蒙混過去。
其實奏音尚未跟任何人提起自己的母親失蹤一事。
不只是對兩位朋友，對教師也不曾提起。
所以班上同學對奏音的評語依舊是開朗又親切的女高中生。

知道她母親失蹤的人就只有和輝的家人跟友梨，再加上陽葵。

不對任何人說，最主要是為了避免不必要的擔心。

況且她原本認為母親應該不會消失太久，一段時間後就會回來。

然而母親遲遲沒有回來，就這樣過了將近一個月。

（到底是跑哪去了……而且什麼都沒說。真的已經不在乎我了嗎——呃，不行不行。）

一這麼想就不由得想哭。

奏音將浮現腦海的母親身影硬是趕出思緒，集中精神聽兩人對話。

兩人依舊你一言我一語，熱烈討論著「那個笑容好可愛」或「頭髮遮住眼睛的瞬間超性感」。

她們只要在電視上看到喜歡的偶像，隔天總是會開心地喋喋不休——奏音這麼想著，這份純真讓她有點羨慕。

「我說～～光是出現都覺得很寶貴。」

「我懂。什麼也不用做，只是站在那邊就讓人有戀愛的心情。」

兩人的對話讓奏音不由得睜大眼睛。

因為那些描述與自己現在抱持的情感很相似。

和輝對她的關心確實讓她很開心，不過就算他什麼也不做，存在本身已經成為奏音的喜悅。

沒錯，只要待在身邊就讓她開心。

察覺自己的心境，微微揪起似的酸甜痛楚在奏音胸口漾開。

第三節課結束後的下課時間，班上男生聚集在教室角落。

好幾個男生圍成一圈，盯著某個人的智慧型手機。大概是在看影片之類的吧。

奏音就讀的學校，男生人數只有女生的五分之一，因此男同學之間的團結感自然也特別強。

「嗚哇，超大的……」

「我喜歡這種顏色。」

「真的假的？」

男生們原本只是靜靜地圍觀，不久便開始圍繞著奏音不太想聽見的下流話題，越聊越熱烈。

（感覺就是小鬼頭。）

奏音在心中感到傻眼，挪開視線。他們跟總是顯得沉穩的和輝差多了。

和輝不會像那樣露骨地講下流的話，也不會顯露在態度上。

奏音突然回憶起感冒時發生的事，紅著臉甩甩頭。

當時因為發燒，自己真的不太對勁。

居然把整個背露給和輝看。

話雖如此，這也證明了自己對和輝懷抱的安心感。

事實上，和輝豈止沒有對她毛手毛腳，連態度也沒有改變。

然後奏音回想起之前回到老家時，那隻手撫著自己的頭的感觸。

又大又溫暖，還很溫柔的那隻手——

男性果然還是大人好——奏音再度如此認定。

到了午休時間，奏音轉動桌子的方向後打開便當。

「奏音，妳平常都是自己做便當吧？」

小麗看著奏音的便當，輕聲問道。

「嗯，是沒錯，怎麼了？」

「沒有啦，只是覺得妳很賢慧。」

「會嗎？」

自己的便當只是單純把飯菜裝進去而已。

沒有特地排成角色的圖樣，看起來不起眼，到底哪裡賢慧了？奏音萌生疑問。

「偶也惡樣結額～～」

由衣子嘴裡塞滿來自便利商店的火腿生菜三明治，點頭附和。

「先吞下去再說話啦，都聽不懂妳在說什麼了。」

奏音笑道，由衣子便將口中食物全部嚥下，又吸了一口鋁箔包果菜汁，隨後吐出一口氣，再度開口：

「我也這樣覺得。因為這個迷你炸豬排是手工做的吧？看起來不像冷凍食品。」

「是沒錯……但只是把昨晚的剩菜裝進來而已喔。」

「這樣就很厲害了。」

「就是說啊！」

「呃……謝謝。」

奏音從小就覺得做飯這件事是理所當然。

朋友為此大為稱讚讓她有些害臊。

對了，今天晚餐要做什麼菜色——

因為和輝跟陽葵總是吃得津津有味，讓奏音覺得很有幹勁。不過每天都要構思菜色，其實有點累人。

（嗯～～打不定主意。先到超市，看過食材的價格再決定吧。）

奏音吃著便當，思緒已經飛到晚餐時間。

導師時間用來準備園遊會。

因為考試期間一旦結束，園遊會就接踵而來，要很認真準備，否則會趕不上。

一年級時只有展覽，不過今年奏音的班級要辦角色扮演咖啡廳。

不只要準備服裝，還要提供飲食。和展覽不一樣，需要細心的事先準備。

今天班上同學在討論該如何取得當天提供的餐飲，以及應該準備的分量。

順帶一提，角色扮演不分內外場，所有人都要參加。

因為討論結果是每個人各自扮成喜歡的模樣，可以想見最後會是萬聖節般的氣氛吧。

充斥多種意見的教室中，奏音用手撐著臉頰，愣愣地眺望窗外景色。

她不是對此沒有興趣，只是不太喜歡參與討論。

話雖如此，她也並非不願出力協助。

負責的職務一旦決定了，她就會做好分內的工作。

不過，萬一真的有很討厭的工作落到自己頭上，她還是會稍微嘗試抵抗。

（話說回來，角色扮演咖啡廳啊～～找機會邀和哥一起去好了。）

之前奏音曾教訓和輝：「去店裡會打擾到陽葵，不要這樣。」但她現在也萌生了興趣。陽葵平常是怎麼工作的呢——當她想到這裡時，鐘聲響了。

※　※　※

「我回來了～」

奏音手提著超市的袋子回到家。

家中一片寂靜，沒有人回應她這句話。

「對喔，今天陽葵要打工吧。」

打開廚房的燈，把超市袋子擺到餐桌上。

「好，今天的晚餐就特別加把勁吧。」

奏音先是自言自語，取出買回來的食材。

家裡現在沒有其他人，所有聲音都源於自己，感覺格外寧靜。

不過因為知道兩人很快就會回家，奏音不覺得寂寞。

第6話　午休與我

一聽見宣告午休的鐘聲響起，我自然伸了個懶腰。

部門內也頓時嘈雜起來，每個人都開始準備用午餐。

「駒村～～我們去餐廳吧～～」

一如往常，磯部以輕佻的口吻找上我。

「抱歉，我今天想吃便當。我去一趟便利商店。」

雖然有點不好意思，但我決定順從自己的欲望。

偶爾會突然想吃對身體應該不太好的便利商店便當。

那剛好就是今天。

如果每天上員工餐廳，因為自己喜歡的菜色總是固定，會漸漸地有點膩，所以偶爾會想這樣重置自己。

「是喔？那我今天也去便利商店好了。」

磯部好像想跟我一起去。

於是我們脖子上掛著員工證，前往位於公司大樓前方的便利商店。

我們在便利商店各自買了便當後，就這麼前往公司裡的自由空間。自由空間允許飲食，也有不少女同事在這裡吃自己帶來的便當。我們在窗邊的吧檯座位坐下，從袋子裡取出買來的便當。請店員加熱的便當還熱騰騰的，費了一點功夫才剝開塑膠膜包裝。

順帶一提，我今天選了特大南蠻雞便當和烏龍茶。些許氣味早已從便當洩出，一掀開塑膠蓋，炸雞的香味頓時四溢。隔壁的磯部買的是特大橄欖油香蒜義大利麵，大蒜的氣味也很濃烈。

就工作性質來說，業務部的員工大概不太想吃這種味道強烈的午餐吧——我沒來由地想著。比方說大蒜拉麵。

這方面我覺得置身會計部真是太好了。

哎，食物受到限制事小，更重要的是比起和人面對面，我比較喜歡盯著數字。如果可以，希望日後同樣不用接觸其他工作。

「啊，駒村先生和磯部先生，我可以坐旁邊嗎？」

當我拆開免洗筷的時候，女性的嗓音從後方傳來。

轉頭一看，發現一頭清爽短髮的女性站在身後。

是業務部的佐千原小姐。

上次午餐時遇見她是在員工餐廳。

「喔？請坐請坐。」

「謝謝。」

磯部立刻請她坐下，她便坐在我旁邊的椅子上。

見磯部有點惋惜的表情，他心裡應該希望她坐在自己旁邊吧。

佐千原小姐大概是時時注意儀容，身上總是飄著好聞的香氣，磯部那種心情我也不是不懂。

……也許佐千原小姐想避開磯部的香蒜義大利麵的濃烈氣味，才與他拉開距離。我不由得如此多做臆測。

「今天平常一起吃午餐的同事沒來，要在自己的部門吃也是可以，不過大叔——前輩們開始抱怨連連，我就逃到這裡了。」

佐千原小姐修正了一部分的用詞，從便當袋裡拿出自備的便當。

印著小狗圖樣的便當袋顯露出她喜歡可愛角色的嗜好。

「哎，是沒錯啦。吃飯時總是想開開心心的嘛。」

磯部感同身受般點頭，用叉子捲起香蒜義大利麵。

「就是說啊～～我就討厭那種氣氛。會計部也會像那樣嗎？」

「嗯～～我們部門感覺就很和平耶。」

「的確。上至部長，下至同事，沉默寡言的人特別多……」

然而，大家也可能因此心裡累積了不少怨言吧。

說不定對我頗有微詞。

不過，撇開過錯在我的狀況，我不太介意就是了。

「原來是這樣～～那磯部先生和駒村先生在會計部算是比較特殊的類型吧？」

「等等，妳指的是什麼啊，佐千原小姐？」

「拜託不要把我和磯部算成同類……」

「你這又是什麼意思啊，駒村！」

「呵呵！就是指兩位像這樣鬥嘴。」

我不由得露出滿嘴黃連般的表情。

這並非頭一次和佐千原小姐吃午餐，因此我們之間沒有莫名的緊張感，在這之後也一起邊吃飯邊談天說笑。

我最先吃完午餐，愣愣地望著窗外。

不同於位於地下的員工餐廳，自由空間位在七樓，景緻還算不錯。

明知看不見，我卻沒來由地望向我家的方向。這時正在收拾便當盒的佐千原小姐提起：

「對了……駒村先生最近似乎特別注意外表喔。」

「咦……」

「襯衫和領帶也燙得很平整。」

我不由得心驚。

我可能不知不覺間透露了奏音和陽葵的存在，再加上偶爾才打照面的人對不久前的我的印象竟然是「這個人襯衫老是皺巴巴」，令我受到雙重打擊。

「喔，居然注意到了，佐千原小姐真是好眼力。我上次也說過，我一直懷疑這傢伙應該有女友了，雖然他打死不認。」

「我講過好幾次了，我沒有女朋友。」

「真的～～？好可疑～～」

磯部學女高中生的口吻，露出滿臉賊笑。

要是太激動地反駁，也許反而會招惹更多懷疑——這樣的想法掠過心頭，讓我無法輕率地回應。

我記得上次也給了磯村類似的答案，看來他根本沒有聽信。

這傢伙看起來腦袋單純，不過在某些方面直覺很靈啊……

「在心境上有了變化嗎？」

「哎……算是吧。想說試著重拾初衷……」

「哦～～……」

我不曉得這是不是能讓人信服的理由，但我一點也不打算提起奏音和陽葵……

「嗯，我覺得這種積極的態度很帥氣喔。」

「咦？」

「呵呵！我先回座位了。」

佐千原小姐留下惡作劇般的笑容，快步離開。

我盯著她的背影好半晌。

平常很少被稱讚，突然聽到人家稱讚我「帥氣」，讓我有些不知所措。

「駒村……你……」

磯部不悅地直盯著我，我頓時覺得一陣尷尬。

「終於開始走桃花運了？」

「呃，只是場面話吧。」

況且我和她交流的次數根本沒有多到足以萌生好感。

「可惡，我明天也要穿新襯衫來上班，領帶也要換條好看的，順便連皮鞋都擦亮。」——沒必要和我比拚吧——雖然我這麼想，不過磯部也開始注意儀容是好事吧？我想到這裡，決定不再多說。

第7話　女僕咖啡廳與女高中生

※　※　※

陽葵打工的女僕咖啡廳是「擬人化貓咪咖啡廳．毛茸茸」。

店內每位女僕除了女僕裝，還要加上貓耳和貓尾巴。

因為今天是星期六，打從天色還滿亮的時候，店內顧客已經不少了。

「『栗子』，接下來請招待五號吧檯的客人。」

「好的！」

陽葵精神飽滿地回答。

「栗子」是陽葵在這間店打工使用的名字。

因為是栗色的貓耳和尾巴，便如此稱呼。

用本名很可能會引發問題——據說這也是店裡使用暱稱的理由之一。

其他還有「桃子」、「可可」、「鈴」和「黃豆粉」等等，所有人都有常見的寵物貓名字當暱稱。

陽葵聽從指示前往該座位，送上水。

（啊，這個人是——）

這位年齡大概二十五到三十，體格微胖的男性，最近時常造訪這間咖啡廳。

他大概特別中意陽葵，時常指名陽葵為他上菜。

「這位主人，請問您要點什麼？……喵。」

因為這間店主打「擬人化貓咪」的概念，女僕在對話時一定要加上「喵」，不過陽葵偶爾會忘記。

之前與駒村的練習並沒怎麼奏效。

不過她那慌張地補上貓叫聲的模樣，在客人眼中似乎反倒很可愛，許多客人只是擺出笑容當作沒聽見。

「這個嘛，今天就來一份『逗貓棒肉醬義大利麵』吧。」

「『逗貓棒肉醬義大利麵』嗎？我明白了喵。」

順帶一提，這道菜當然只是佐以象徵逗貓棒的花椰菜，並非真的擺上逗貓棒。

「請問您要點飲料嗎？……喵。」

「…………」

然而男性沒有反應。

他一臉陰鬱的笑容直盯著陽葵。

「那、那個……?您要飲料嗎……」

「啊~~抱歉抱歉。今天就來個『木天蓼薑汁汽水』。」

順帶一提，這道飲料當然沒有真的加入木天蓼。

菜單上每道菜色都加上了與貓有關的字眼。

「我明白了喵。那麼請您稍待片刻喵！」

客人點完餐後，陽葵前往廚房。

隨後她跟負責烹飪的同事說「請做一份肉醬義大利麵」，然後把點餐明細放到規定的位置。

因為飲料是由女僕準備，陽葵直接打開營業用冰箱。

「喔，又是肉醬義大利麵。今天人氣好像特別高啊。」

負責掌廚的青年呢喃說道。

他是專門烹飪的打工人員——高塔。

大學二年級生，最近才剛來打工。

不過聽說他在其他女僕咖啡廳打工過一年。也許是因為這樣，雖是新人但工作起來十分熟稔，深受大家信賴。

「駒村小姐，裝好薑汁汽水後，也給八桌的客人薑汁汽水。還有三號吧檯指名要拍照。五號吧檯那邊由我端過去。」

「好的！」

陽葵聽到另一位打工女僕這麼說，便精神飽滿地回答。

因為這是陽葵第一份打工，起初雖然深感不安，現在她已經相當習慣工作流程。

從冰箱取出裝著薑汁汽水的紙盒，熟手熟腳地從櫃子拿兩個玻璃杯，倒進薑汁汽水。

之後將代表木天蓼的心型POP掛在玻璃杯緣，再把貓型吸管插入杯中就完成了。

陽葵立刻端著飲料走向點了薑汁汽水的客人。

「讓您久等了。這是您點的『木天蓼薑汁汽水』……喵！在您飲用前，我想為您施加一道讓飲料更好喝的魔法，希望身為人類的主人您也幫個忙喵。」

「咦？我？」

「是的，喵。栗子原本是貓，魔法的力量很弱喵……接下來栗子要詠唱咒文『喵喵咪咪～～要變得更好喝喔～～♪』，希望主人跟著栗子一起詠唱喵。」

陽葵彎起雙手擺出貓一般的姿勢這麼說道，男性客人雖然有些納悶，還是以笑容回應：

「我知道了。」

「那要開始了喔～～『喵喵咪咪～～要變得更好喝喔～～♪』」

「喵……喵喵咪咪～～要變得更好喝喔～～」

這位客人大概是第一次造訪，笑容顯然透著羞赧。

觀察這種反應羞澀的顧客漸漸成為陽葵的樂趣。

「好的，非常謝謝您！這樣就變得更好喝了……喵。請您慢慢享用喵！」

陽葵往其他客人移動。

接下來是拍照。

手持拍立得相機的另一位女僕已經在那裡等待。

「讓您久等了喵。非常感謝您今天指名栗子與您拍照喵。」

「拜託嘍，小栗。」

菜單也有能和女僕合照的選項，而最近指名陽葵的客人漸漸增加了。

其中甚至有客人一開始就會問今天陽葵在不在店裡。

陽葵和這位男性顧客用雙手擺出貓的姿勢。

「那麼要拍了喵。一、二、喵～～！」

伴隨著這家店獨特的台詞，相機的閃光燈亮起。

相機立刻吐出相片。陽葵用彩色簽字筆在上頭寫字。

男性接過照片，面露笑容回答「謝謝」後開始結帳。

「路上小心喵！」

陽葵笑著目送男性顧客離去，回到廚房準備招待新客人。

——很開心。

陽葵發自內心覺得選這份打工真是太好了。

父母八成不會找到這個地方，時薪也還算不錯。

回到家後，要是父母依舊不願接納陽葵的夢想該怎麼辦——陽葵之前為此不安。

但假使真的演變成那樣，陽葵也萌生了高中畢業後能離家自食其力的自信。

獨自生活想必很辛苦，但是和駒村與奏音生活的這段時間，她漸漸覺得勉強能辦到了。

「啊，接下來可以準備一杯柳橙汁嗎？」

「好的！」

高塔給了新的指示。

無論如何，現在只能努力打工，在家裡繼續畫畫並隨時等待機會——

陽葵立下小小的決心，再次從營業用冰箱拿出飲料。

「不同於平常」的事件在這之後發生了。

「呼～～結束了～～」

今天打工的上班時間結束，陽葵打掃過店內環境後，在休息室更衣。

「小葵，今天指名很多呢。」

同樣正在換衣服的是打工族惠蘇口，她一邊換衣服一邊說道。

今年22歲的她是劇團演員，自稱為了離開老家生活，正在存錢。

也許是因為這樣，陽葵對她有許多感同身受之處。

同時與她成熟的氛圍相較之下，陽葵不禁覺得自己還只是個孩子，為此感到有些自卑。

「呵呵呵。要謝謝客人捧場。」

「我也得更努力啊～～」

惠蘇口輕聲低吟並伸懶腰，之後關上置物櫃。

「好啦，那我先走了。辛苦啦～～」

「辛苦了。」

目送她的背影離去，陽葵也想到自己要早點回去，加快速度收拾行李。

「今天晚餐的菜色是什麼啊～～」

腦海中浮現了身穿制服加圍裙的奏音說著「妳回來啦」迎接自己的模樣，就覺得肚子餓了。

陽葵的胃已經完全被奏音掌握。

話雖如此，日後如果要獨自生活就必須學會做菜——她分神這麼想著，走到店外。

外頭天色已經黑了。

原本她應徵時提出的條件是一週可以排三到四天班，但最近越來越常在傍晚到夜晚的時段上班。

因為晚上客人比較多，時薪也比白天高一些，所以陽葵並沒有感到不滿。

真要說的話，只有無法和那兩人一起吃晚餐吧。

不過也因此陽葵更加珍惜共進早餐的時光。

「小栗。」

陽葵突然聽見有人呼喚她在店裡的暱稱，肩膀倏地顫動。

抬起臉一看，幾個小時前接待過的微胖男性站在眼前。

（咦……？）

陽葵的思考陷入混亂。

為什麼這個人會在這裡？

「那、那個……？」

該不會是有東西忘在店裡——陽葵險些以過於正面的角度去理解，但是她立刻想起什麼而倒抽一口氣。

這個人好幾個小時前就已經離開店，現在為何還在這裡？

該不會是在這裡等自己下班？

在員工用的出入口前方？一直等到現在？

這種想法浮現的瞬間，一股寒意頓時傳遍全身。

「小栗，妳下班啦？辛苦妳了。」

現在的陽葵並非「栗子」。

離開店還被人用暱稱稱呼，她有種抗拒感。

真要說的話，「陽葵」也並非她的本名，不過在心裡還算有分量的名字和打工專用的暱稱感覺還是大不相同。

「妳家住很近嗎？都晚上了，我送妳回去吧。」

見男人笑著問道，陽葵心生恐懼。

該不會他打算一直跟到家裡？

想拒絕。

可是一旦拒絕，他會不會突然暴怒？

他看起來比駒村重，萬一就這樣撲上來——

「那、那個……」

該怎麼辦？怎麼樣才能委婉拒絕？

乾脆逃跑吧？但是他追上來該怎麼辦？

而且自己真的有辦法從他身旁鑽過去嗎？

該怎麼辦？

怎麼辦、怎麼辦——

恐懼和混亂讓陽葵眼角開始滲出淚水，就在這時。

「哎呀～～找我們店裡的女僕有事嗎？」

低沉的男性嗓音介入兩人之間。

轉頭一看，發現身穿紅色窄裙、外表亮麗的女性雙手抱胸，背靠著門板站在後頭。

「啊，店長……」

陽葵不由得呢喃。

沒錯。她正是「擬人化貓咪咖啡廳・毛茸茸」的店長中臣。

這個人外表完全是女性，個性則是純正淑女，不過戶籍上的性別是男性。嗓音非常帥氣——也就是所謂的「磁性嗓音」。

「啊，沒有。也不算有事……」

見中臣突然現身，男人似乎非常驚慌，突然變得語無倫次。

外表與嗓音之間的劇烈落差，初次見面不管是誰都會嚇到。

陽葵自己在打工面試時也被嚇了一大跳。

「可以請您不要找下班後的女僕搭話嗎？」

男人吐不出下一句話，中臣筆直地盯著他的眼神銳利有如看準獵物的老鷹。

「如果以後您還有同樣的行徑——我們也會採取必須的對策。」

再加上用威嚇般的聲音告知，男人似乎徹底畏縮了。

「對、對不起。」

他軟弱地呢喃說完，頭也不回地逃走了。

男人的身影從視野中消失，中臣這才長長吐出一口氣。

「小葵，還好嗎？」

聽見自己的名字，陽葵這才回過神。

「是、是的。我沒事……店長，謝謝您。」

陽葵低頭道謝。

「保護自己的員工是我該做的，不用在意喔。」

「可是，為什麼您會知道？」

「我只是想出來抽根菸，恰巧撞見而已。順便問一下，剛才那男人最近常常來嗎？」

中臣似乎同時經營其他店鋪，時常不在店裡，因此少有機會觀察顧客。

「是的，今天也有來。回想起來，最近常有被人盯著看的感覺——只是沒想到會演變成這樣……」

「原來如此啊。趁營業時把聯絡方式塞給女僕的客人過去也曾出現過，不過在後門埋伏的人，我也是第一次見到。嗯～～有沒有什麼對策啊……」

「不好意思……」

「又不是小葵的錯，對吧？這部分不用道歉。」

「不過……那個客人以後就不會再來了吧……」

「哎，那種類型的男人大概不會再來了吧，看上去也滿懦弱的。」

「…………」

陽葵覺得不太舒服。

因為那位客人最近確實時常來店裡，對店裡的營業額有貢獻是事實。

「妳該不會在介意店裡的營收吧？不對不對，不要在意這種事。個性太認真了啦！不管付錢多麼大方，會帶來麻煩的客人最好還是別上門，這樣也能防止其他女僕受害。況且只要小葵增加更多粉絲就好了。」

中臣以開朗的口吻說著，對她眨了眨眼。陽葵見狀終於輕聲一笑。

確實如此。只要日後增加更多願意為陽葵而來，且不會引發麻煩的善良客人就好。

別為這種事消沉沮喪，振作起來吧。

陽葵重新下定決心。

就在這時，高塔從員工用出入口現身。

「奇怪？店長和駒村小姐……？兩位怎麼站在這種地方？」

「喔，高塔，你來得正好。」

「咦？」

高塔睜圓了眼睛。

不過中臣毫不在乎高塔的反應，逕自向陽葵問道：

「小葵要搭電車回家吧？」

「是、是的。」

「很好。青年高塔，你就送小葵到車站吧。」

「咦！呃，可是男性員工不是禁止和女僕一起下班……」

「這是店長的命令，今天例外！小葵，妳來跟高塔解釋～～我接下來得去排班表了。」

中臣擺擺手，走進門內。

她剛才說原本是來抽菸的——但最後沒抽。這樣沒關係嗎？陽葵有點納悶，不過她認為現在應該先跟突然接到指示的高塔說明狀況，便看向他的臉。

「那個……雖然搞不太懂，我們走吧，駒村小姐。」

「好的，麻煩你了。我會邊走邊說明……」

陽葵與顯然非常納悶的高塔並肩邁開步伐。

※　※　※

這天夜裡，奏音在客廳桌上攤開教科書、題庫和筆記本。

這麼說來，我之前都沒看過奏音在家裡讀書。

「妳會讀書還真稀奇。」

「馬上就要考試了啊～～……」

回答的聲音相當虛弱。

「這時期的考試，應該是期末考吧？奇怪？可是上個月什麼也沒有吧？」

「因為上個月沒有考試。我們學校不是三學期，而是兩學期制，所以這次是本年度第一次的期中考。」

「哦～～……原來如此。」

我讀的國中和高中都是三學期制，我就把這當成常識了。這是我第一次知道有兩學期制的學校。

「——所以說，考試是一年四次？」

「對！其實這方面比三學期制的學校輕鬆一點。話雖如此，考試還是很討厭啊……」

「哎，加油吧。」

「好～～……」

奏音情緒低落地回答，再度把視線轉回題庫。

陽葵則是坐在電腦前方，悄悄地看著奏音。

她看起來有些心神不寧，大概是想起自己的學校吧。

對了，陽葵的學校沒問題嗎？

我有些好奇，也想問問看，但是當事人從未提起的事，我覺得自己也不該深入追問。

「嗚～～……真的就是不懂～～……搞不懂～～……腦袋快爆炸了……」

奏音趴在桌上嘀咕著。

下巴抵著題庫，只把視線投向我。

「欸，和哥以前念高中的時候擅長什麼科目？」

「數學吧。」

「哇，看起來就很會算的樣子。」

「看起來很會算，真是不好意思喔。」

難道我看起來一副喜歡數學的樣子嗎？

我自己不太懂。

不過確實從來沒有人對我說過「你看起來國文不錯」……

「不是啦，不是在說你壞話。現在我正好在複習數學，你可以教我嗎？」

「在我懂的範圍內是可以啦。」

我當年學的和現在高中生的學習範圍一樣嗎？這問題湧現心頭，但我決定先幫她看看。

「這裡只要用這個公式——」

「啊，原來是這樣，我懂了！謝啦，和哥。」

我指向教科書，奏音的表情頓時發亮，成功解開題目。

我剛才有點擔心自己有沒有本事教她，幸好只需要稍微讀過教科書就能理解。

話說回來，好久沒念教科書了，真是懷念。

……高中啊。

突然掠過腦海的往昔記憶是上課時的平凡場面。

上課時間無聊得注意力一直飄向時鐘指針。當時我沒有想過那竟然會是一去不復返的寶貴時光。

自從放棄夢想，感覺只是每天乖乖坐在教室裡而已。

那時如果我有找到能讓自己投入的其他事物，現在會不會變成其他「特別」的人呢——會不禁浮現這種多愁善感的想法，也許是因為時鐘秒針的聲音在寧靜的房裡迴盪吧。

隔天晚上，奏音也專心準備考試。

不過當我走出浴室（今天我是最後一個洗澡），看到奏音趴在桌上發出平穩的呼吸聲。

「睡著了啊？」

我如此低語，陽葵豎起食指抵在自己的嘴唇，輕聲說：「噓～～」

隨後陽葵找來薄毛毯，輕輕披在奏音的肩膀上。

平常是奏音比較像母親，但今天的印象完全顛倒。

「小奏他們學校最近同時在準備園遊會，好像很忙的樣子，所以小奏感覺特別累。」

仔細一想，她確實說過園遊會就在這個月底。

準備時期和考試期間重疊，兩者並行應該很辛苦吧。

我不由得有些同情。

陽葵盯著奏音的睡臉好半晌。

表情分外憂鬱。

「陽葵妳——」

話說到一半卻不禁躊躇：這個問題真的可以問嗎？

「嗯？」

陽葵歪過頭。

都說到這裡了才打住，反而讓人在意吧……

我下定決心問道：

「之前在學校過得開心嗎？」

陽葵露出為難的笑容。

她微微張嘴，之後又闔上。重複了好幾次，但終究沒有說話。

我什麼也沒說，只是等待。

好一段時間，房內只有奏音細微的呼吸聲——

「坦白說，我不知道。雖然稱不上討厭……」

以小得幾乎聽不見的音量呢喃。

「和班上同學還算有交談，但沒有特別要好的朋友。而且父母要我放學後馬上回家，所以也沒有在放學後參加社團活動或跟朋友出去玩……」

我多少能預料到這個答案。

如果有特別親暱的朋友，在離家出走前應該會先找朋友談心吧。

不過，陽葵沒有這種能依靠的朋友。

在家裡畫畫的時間，想必是陽葵心靈最充實的時間吧。

但是那被雙親奪走了——

我不由得仰望上方。

先前陽葵說過，一旦存到錢，她會回家一趟重新面對父母。

如果這樣能解決一切就好了——

咕嚕嚕嚕嚕～～～～

奇特的聲音突然闖進客廳，我和陽葵不由得睜圓眼睛。

聲音來自奏音。

從奏音的手臂隙縫間能看見她的眼睛。那雙眼睛不知何時已經睜開，而且看起來非常害羞。

「對、對不起……」

「奏音，妳醒了啊。」

「嗯……」

「小奏，我把妳吵醒了嗎？對不起……」

「沒有啦，不是妳的錯……我只是餓了……」

我懂吃完晚餐到睡前這段時間會覺得餓。

「既然這樣，為了讓小奏能好好用功，我來做點宵夜。」

陽葵雙手握拳，看起來充滿幹勁。

「呃，沒問題嗎？」

「有茶泡飯的調理包，只要煮開水就行了。妳等一下吧，小奏。」

語畢，陽葵立刻走向廚房。

「不要緊嗎……？」

「只是煮開水而已，陽葵也行的啦。和哥操心過頭了。」

「不，我是說在這個時間吃宵夜，奏音妳沒問題嗎？我是這個意思——」

體重方面的問題——我省略了這個部分，不過意思似乎傳達到了。

奏音的視線往旁飄移。

「呃～～……茶泡飯就跟水一樣嘛。開水，開水零熱量，所以完全沒問題。」

「…………」

奏音突然搬出莫名其妙的理論。
她也許之後會主張「湯類全都是開水」。
哎，如果吃點東西能讓她繼續用功念書，那也沒什麼不好。
「哇啊！好燙！蒸氣好燙！」
就在這時，陽葵傻氣的慘叫聲自廚房傳來。
我和奏音不由得相視苦笑。

數天後——
「和哥，考卷改好發回來了！這次我全部及格！而且數學還是我的史上最高紀錄！」
奏音滿臉笑容向我報告用功讀書的成果。
自己的教學奏效真讓人開心。
雖然我沒有兼差當過家庭教師，唯獨在這時體驗了那種心情。

早晨——
我一起床就打開電視，轉到晨間新聞節目。這是每天的習慣。

而且是兩人來到我家前就持續至今的習慣。

最大的目的是看天氣預報，不過隨時顯示在畫面角落的現在時刻對維持早晨的生活規律也有幫助。

不知為何比起看房間的時鐘，看電視畫面顯示的時間較容易有實際的感覺。

一如往常吃完早餐，一邊換衣服一邊看電視時，節目從演藝花邊切換到新聞。

『居住於區內的57歲男性疑似在電車上性騷擾，〇〇警局在十三日以違反性騷擾防治法罪嫌予以逮捕，移送檢方處理。』

「嗯……？」

「性騷擾」這個詞讓我自然起了反應。

在電視畫面上的正是我和陽葵初次相遇並對話的車站內部。

陽葵似乎也注意到了，與我四目相對。

『嫌犯於十日下午四點在行駛中的電車內，觸碰與嫌犯背對背站著的女高中生下半身。根據警局表示，鐵路便衣警察隊員在巡邏時於〇〇車站發現行蹤可疑的男子左顧右盼。多名隊員於周遭持續監視時，目擊嫌犯對女高中生做出騷擾行徑，當場逮捕現行犯。男子也承認犯行。』

此時影像切換，節目開始播報下一則新聞。

被逮捕的也許就是當時騷擾陽葵的那位中年大叔？
因為是同一個車站，看上去年齡也相仿。
如果真的是他，還真是好消息。
「當色狼的大叔到底是在想什麼啊？真的是差勁透頂，拜託快從這世界上消失。」
奏音喝著１００％柳橙汁，如此嘀咕。
「嗯，就是說啊。有逮捕真是太好了……」
陽葵也小聲說道。
雖然不知道是否真的是那位中年大叔，不過這樣一來感到不快的女性肯定會減少。
當時讓那個中年大叔逃之夭夭，一直讓我耿耿於懷。
我再度用眼角餘光觀察陽葵，她的表情似乎變得開朗了些。

下班回到家，我看到充滿幹勁的陽葵身穿奏音的圍裙，站在廚房。
「啊，歡迎回來，駒村先生。」
「我回來了……怎麼了，穿成這樣？」
我針對她的圍裙發問，她便得意洋洋地手扠腰，挺胸宣告：
「今天我來做晚餐！」

她充滿自信地宣言。

「陽葵要做晚餐？」

她的意思是要幫忙奏音吧？我這麼想著，看向站在一旁的奏音。奏音渾身散發掩不住的不安。

「陽葵說她今天要自己一個人做。」

聽到奏音這句話，我不由得睜大了眼睛。

「咦？沒問題嗎？」

「沒問題！我在打工的店裡看過很多次，學了不少！」

「用看的學習」這部分讓我無法放心。

這不就代表實際上還沒有親手做過嗎……

「因為我之前給駒村先生和小奏帶來太多麻煩……我希望盡可能回報兩位。而且……」

「而且？」

「啊，沒事……只是我個人覺得稍微安心了，或者該說放下了……」

含糊不清的話語越來越小聲。

奏音只是滿臉問號，但我大概猜到她指的是什麼了。

應該就是早上色狼被逮捕的新聞吧。

雖然無法確定被逮捕的人就是騷擾陽葵的那個大叔，不過我想應該是這個原因。

完全只是直覺就是了。

這世界上做壞事的人終究會得到報應——我再度理解這一點，但同時也不禁想到，我當下做的事情也是「壞事」。

我自己也知道在法律上確實是「壞事」，不過……

如果沒有那個色狼大叔成為契機，我也不會認識陽葵吧——

……哎，現在就別想這些了。

「總、總之，沒問題！我真的清楚記得怎麼做！」

「既然陽葵都這樣說了，今天就期待陽葵做的晚餐吧。」

「好的！我會加油！」

陽葵朝氣蓬勃地回答，單論幹勁似乎非常充分了。

不過奏音還放不下心。

「真的沒問題？不要燙傷喔。萬一有需要，我會立刻幫忙喔。」

看來她擔心的不是料理能否順利完成，而是陽葵可能會受傷。

太溺愛了吧。

「就是這樣，所以駒村先生先去洗澡吧。」

「我知道了……」

見她滿臉笑容地這麼說，我也只能聽話。

於是我按照陽葵所說，乖乖走向盥洗室。

浴室隔壁就是廚房。

或許因為這樣，當我泡在浴缸裡時，斷斷續續聽見陽葵發出「哇啊！」「好燙！」之類短促的慘叫聲。

……真的沒問題嗎？

事到如今我才感到不安。

萬一出狀況，一切都要靠妳了啊，奏音……

歷經完全無法放鬆心靈的泡澡後，我看到餐桌上擺了三人份的肉醬義大利麵。

旁邊也擺了起司粉，聞起來很香。

這麼說也許很失禮，但在我的想像之中，餐桌上會呈現悲慘的情景。因此餐桌看起來乾乾淨淨讓我暫且放心了。

「喔喔，看起來很好吃嘛！」

我由衷感到佩服，但陽葵沒有回應。

我看向她，不知為何她在發抖。

「陽葵……？」

「成、成功了……我也能辦到了……努力偷看終於有了成果……」

她感觸良多般小聲嘀咕。

她是在對自己感動不已嗎……

「嘿嘿嘿，駒村先生，我很努力喔！一個人就做出來了！」

「是、是啊。」

「過程險象環生就是了……」

奏音苦笑著說道。她身後的流理台堆滿了鍋子和盤子，一片混沌。

可以想見歷經了一番苦戰。

我會嫌做菜麻煩，這就是最主要的原因。

不只是做菜，隨之而來的收拾工作也是料理的一部分……

也因此，奏音願意擔負一半的工作量，我心裡真的很感謝她。

「順便問一下，奏音有幫忙嗎？」

「沒有。陽葵堅持要自己做，不讓我插手。」

剛才在浴室聽見陽葵的慘叫，我還以為奏音出手救場了，不過看來陽葵似乎還是獨力完成了。

也難怪陽葵會這麼感動。

那麼，既然她努力為我們做了晚餐，就快點享用吧。

我們圍繞餐桌坐下，立刻雙手合十，然後拿起叉子。

「開動！」

我和奏音將義大利麵送往口中，陽葵則屏息注視著。

我緊張地吃了一口。

嗯，這味道……

口味鮮明的肉醬相當美味。

雖然義大利麵煮太久了一點，不過肉醬絕佳的口味中和了些許缺點，讓人幾乎不會特別注意到。

撒上起司粉添加柔和的口感，讓美味程度更加提升。

就第一次嘗試來說，應該能打個好分數吧？

「好吃。」

「嗯，很好吃喔，陽葵！」

「呼～～真是太好了……」

我和奏音表達由衷的感想，陽葵這才安心地吐出一口氣，露出笑容。

「感覺店裡的手藝也一起被稱讚了，我很高興。」

坦白說，這手藝不需要女僕也會有客人願意回訪吧。

這種「吃再多也不會膩的味道」是很重要的要素。

「雖然光是看她煮開水都讓我心驚膽跳，還是好好做出來了……陽葵長大了呢……」

奏音不知為何莫名感動。

妳是她媽媽嗎？

於是陽葵第一次親自下廚做晚餐，最後以成功收場——

順帶一提，為了清理一片混沌的流理台，費了好一番功夫。

第8話　告白與女高中生

※　※　※

「唉…………」

陽葵的打工時段結束，走進休息室時，正好撞見惠蘇口一邊換衣服一邊深深嘆息。

回想起來，今天的她看起來似乎沒有平常那麼有精神，或者該說有點反常。

倒烏龍茶的時候不小心滿出來，或是把菜端到錯的位子，諸如此類的失誤格外醒目。

「小葵，我也許會辭掉打工……」

「咦！」

突如其來的告白讓陽葵吃驚。

她是從陽葵開始打工就一直仔細教導她工作的前輩，因此陽葵很寂寞。

更重要的是「正在存錢想離開家獨立」的處境讓陽葵感同身受，就更讓她覺得寂寞了。

「那個……有什麼理由嗎……？」

惠蘇口盯著打開的置物櫃，自嘲般挑起嘴角輕笑——

「老實說是因為我被甩了。我想趁這個機會換個跑道。」

隨後用平淡的口吻如此說道。

陽葵只能睜圓眼睛。

「呃……那個……？」

「哎～～這算是我太容易動情，自作自受吧。對方也跟我差不多，就這麼單純罷了。」

惠蘇口的戀愛究竟是怎麼回事，陽葵並不知情。雖然不知情，但是觸及了無法實現的戀情的一鱗半爪，讓陽葵胸口感到一陣刺痛。

「哎，突然辭掉也會給店長帶來麻煩，我會努力做到這個月底。」

換好衣服的惠蘇口關上置物櫃，揮揮手離開了。

陽葵比惠蘇口晚一點從員工出入口走出咖啡廳，這時設置在門上方的感應式照明刺眼地亮起。

照明旁邊則設置了監視攝影機。

不過攝影機其實是假的。

這裡原本就有感應式照明，但在前些日子客人在這裡埋伏等待陽葵後，中臣就立刻另外裝設了假的監視攝影機。

要裝設真的監視攝影機似乎很耗費成本，沒辦法說裝就裝。不過假的攝影機也能帶來心理上的威嚇效果。

事實上，儘管陽葵知道攝影機是假的，每當經過出入口還是會不由得緊張起來。

多虧這些措施，那個客人沒有再來過。

打工環境恢復平穩，陽葵感到安心，同時也對中臣心懷感謝。

中臣說過遲早會裝真的監視攝影機，很讓人放心。

而且高塔下班時間與陽葵相同時，也會陪她一起走到車站。

得知當天發生的一連串事件後，高塔提出了這段時間陪她走到車站的提議。

對陽葵而言，這同樣讓她十分放心。多虧如此，她能夠免於任何恐懼，安心下班。

感應式照明熄滅，四周再度轉暗。

不經意望向天空，看見數點明亮星光閃爍。

陽葵邁開步伐，走向附近的牛肉蓋飯餐廳。

自從那次事件後，和高塔一起回去時都會在那裡的自動販賣機前會合。

一般而言在女僕咖啡廳，為了預防問題發生，會禁止男性員工與女僕下班一起離開。

話雖如此，店長中臣的命令尚未解除，於是決定在特例處置解除之前暫且維持現狀。

陽葵抵達自動販賣機前方，等了一段時間。
不久後，換上便服的高塔來了。
「讓妳久等了，我們走吧。」
「好的。」
兩人會合後，立刻並肩邁步。
「今天好像不算太忙。」
「是啊～～」
因為距離車站只有幾百公尺，這段路上的對話真的大多只是隨口閒聊。像是今天客人穿的搞笑T恤實在讓人忍俊不禁、彼此平常慣用的車站的情況，或是喜歡的漫畫等等。
過去幾次與高塔一起走到車站時，兩人總是如此交談。
「………」
「………」
但是，今天的對話難以持續。
陽葵也感覺到高塔散發的氣氛異於平常。
回想起來，今天在工作時視線也幾乎不曾對上。

（是怎麼了？身體不舒服嗎……）

這時，陽葵突然想起惠蘇口的話。

不，不會這麼巧吧——就在陽葵這麼想的時候，高塔終於開口了。

「那個……駒村小姐。」

「啊、嗯。什麼事？」

明明已經很習慣同事用「駒村」稱呼自己，這時卻莫名緊張。

「駒村小姐現在，那個——有男朋友嗎？」

「咦？沒有……」

「啊，嗯。也對……如果有，那次之後應該會來接妳……嗯。」

高塔自顧自地領會了什麼。

陽葵的心頭一瞬間感到刺痛。

如果駒村是自己的男友，毫無疑問會來接自己吧。

但是很遺憾，陽葵和他並非這種關係。

而且陽葵根本沒有把客人埋伏等她這件事告訴駒村。

陽葵不想讓他擔心，更重要的是陽葵認為自己不能帶給他更多麻煩了。

（不過，為什麼高塔先生會突然問這些……？）

在沉默之中，兩人持續朝車站前進。

夜晚街上依舊明亮，不過白天鮮少見到的大嗓門的路人和喝醉酒的人都變多了。

如果獨自一人走在街上，大概會有點害怕吧。這時有認識的人待在身邊，心情上就輕鬆多了。

高塔再度開口時，兩人已經來到車站前。

「那個——駒村小姐。」

「嗯？」

高塔突然叫住陽葵，停下腳步。陽葵也跟著停下來。

「那個，不好意思這麼突然……那個……」

高塔害臊地搔著頭髮如此說道。

他的視線游移不定，顯然心神不寧。

「……？」

這氣氛是怎麼回事？陽葵覺得難以鎮定。

她受到影響而越來越心慌。

高塔稍微深呼吸一次，隨後筆直地注視陽葵的眼睛。

「我喜歡妳。請當我的女朋友。」

「——！」

陽葵睜大雙眼，一動也不動。

對陽葵而言，這次的告白太唐突了。

喜歡——

那是陽葵心中同樣抱持的情感。

但是她尚未向那個人坦白。

而這份心意與眼前的青年沒有交集。

「咦……？那個……為什麼？」

首先衝出口的是對於理由的疑問。

「全心全意努力的模樣很可愛。」

「唔……啊……」

聽到對方不假思索地回答，陽葵的臉倏地發紅。

這還是第一次有異性當面對自己這麼說。

被誇獎確實很高興。

但是就連這個瞬間，浮現在陽葵腦海中的身影依舊是駒村。

她不知道該如何傳達自己的想法。

只是，她無法接受高塔的告白——唯獨這樣的想法確實存在。

但她不知該如何將這樣的想法化為言語告訴他。

陽葵有好一段時間垂著臉。

當告白來自從未聯想到戀愛的對象，竟然會讓人有這麼難受的心情——

陽葵的眼角餘光注意到高塔緊握著手。

明白他其實也非常緊張，讓陽葵更加難過了。

但是陽葵無法含糊帶過，也不願這麼做。她認為這樣對高塔很失禮。

陽葵下定決心，抬起臉。

高塔雖然強裝鎮定，臉上表情卻掩不住緊張。

「那、個——」

聲音顫抖。

心臟好像快要從喉嚨跳出來了。

儘管如此，陽葵沒有停下來。

「我現在有喜歡的人——所以，那個，對不起……」

她誠懇地低下頭。

正因為發自真心，陽葵誠實地告訴對方。

街上的雜音聽起來格外清晰。

與之彼此重疊般，自己的心跳聲也在腦海中迴盪。

陽葵不知道什麼時候該抬起頭，因此緩緩挺起身體。

不過，她還是無法直視高塔的臉。

感到歉疚。

陽葵也覺得他是溫柔又善良的人，沒有一絲厭惡。

但是很對不起。

為什麼選我這種人？

對不起——

這一瞬間，之前一起走到車站的時候、在廚房交談時的身影、與他之間的閒話家常，點點滴滴頓時重回腦海。

雖然不由得想哭，但真正想哭的應該是高塔吧。

陽葵覺得自己絕不能哭，於是使勁忍住了從胸口深處湧現的感情。

「啊～～………………這樣啊…………」

「是的……」

「抱歉。」

「不會……」

兩人在沉重氣氛中面對彼此，路上行人以眼角餘光打量兩人，魚貫走進車站。

這時陽葵突然開始介意旁人的視線。

「那個……再見……」

告別時不知道該怎麼說。

陽葵再度對他低頭行禮，先走進車站內。

平常高塔總會陪她一起走過驗票閘口，但今天他沒有跟過來。

陽葵邁開步伐的同時理解了——惠蘇口一定是對高塔告白了，讓她胸口更加疼痛。

※　※　※

「陽葵感覺怪怪的。」

在陽葵洗澡的時候，正在看電視連續劇的奏音以認真的語氣說道。

「嗯……？」

我正用手機瀏覽今天的新聞，聽見她這句話而抬起臉。

奏音坐在沙發上，眉心微蹙。

「拜託，今天打工回來之後整個人就怪怪的啊。」

「哪裡怪？」

聽奏音這麼說，我試著回想。

——不過，陽葵回到家的時候，我剛好在洗澡。

看到陽葵在吃比較晚的晚餐時，我只對她說了句「妳回來啦」。

陽葵那時嘴裡塞滿了飯，只是默默地點頭——

我並未得到足以判斷陽葵異於平常的資訊。

「她回來之後，我只跟她說上一句話而已。具體來說哪裡怪？」

「嗯～～……你這樣問我也答不上來，但氣氛就和平常不一樣……好像不太有精神。」

「這樣啊……等陽葵洗澡出來，我再仔細觀察看看。」

「嗯。」

哎，也許她會主動向我們表明異狀的原因啊。

況且也有可能是奏音誤會了。

不過這時我突然想起往事。

之前短暫拜訪奏音家的時候，她當下就察覺了村雲曾經闖進室內的痕跡。

既然奏音的直覺那麼準，誤會的可能性也許就不高……

這時奏音突然小聲驚呼：「哇啊……！」

她滿臉通紅。

我立刻就明白了理由。

因為電視連續劇來到親熱場面。

半裸的型男演員和美女演員坐在特大號床的床畔。

我沒看過前面的集數，不曉得兩人在劇中是什麼角色。他們正在耳語像是陰謀詭計的內容，手在彼此身上游移。

手的動作非常煽情，兩人的呼吸也越來越急促——

「…………」

「…………」

我和奏音都刻意不看向對方。

這場面…………真尷尬…………

尷尬到極點…………

我不禁想起童年回憶。當時家人齊聚在客廳看電視上播的電影，激烈吻戲上演時的那陣尷尬……

——當我這麼想的時候，簡直就像按照我的思緒進行，相擁的兩人倒向床鋪，開始熱情擁吻。

拜託別再繼續，饒了我吧——在我如此祈求的瞬間，畫面轉暗，切換到其他場面。

剛才的場面並不長，反倒該說很短，但已經足以改變客廳的氣氛。

就在這個時間點，我聽見浴室門開啟的聲音。

陽葵已經洗好澡了。

我不由得心驚，轉頭看向浴室的方向。

當然，陽葵正在盥洗室穿衣服，不會馬上走出來。

我確認了這一點，不知為何感到安心。

明明就沒做任何虧心事，這到底是什麼心情……

當我再度轉頭看向電視時，恰巧與奏音四目相對。

奏音原本就滿臉通紅，現在更是紅得好像會冒出蒸氣。

隨後，連續劇進入廣告時間。

語氣歡欣的廣告旁白讓室內的氣氛稍有改變，但方才尷尬的氛圍依舊揮之不去。

「我、我想問喔……」

「嗯？」

「和、和哥你……那個……」

奏音的話說到這裡中斷了。

下一部廣告開始，播放起耳熟的優雅古典樂。

我也不曉得她是否聽見了這支曲子。

就在曲子剛好播到一個段落時，奏音再度開口：

「有、有接吻過嗎？」

「——！」

這個問題完全超乎意料。

我從來沒想過會從奏音口中聽見「接吻」這個詞，讓我整個人慌了手腳。

這是怎麼回事？我可沒有把妳教成這種女孩啊。

等等，本來就不是我教的。

我的腦海中頓時演起單人相聲，可見我有多混亂。

總之先冷靜下來啊。現在正是該展現成年人從容不迫的時候。

「那個，呃……沒有……」

成年人的從容不迫跑哪去了？

這不是直接老實地說出事實了嗎？

這時我才想到，我作為成年人或許應該顧好自己的面子。不過覆水難收。

「是、是喔……」

這瞬間，奏音的表情看起來似乎鬆了口氣，這恐怕不是錯覺。

「你沒交過女友？」

「學生時代都在忙社團活動……開始工作後也沒有這方面的緣分。」

「友梨小姐呢？」

「沒有啦，那傢伙只是童年玩伴。」

「是喔……」

奏音的語氣顯得漠不關心，但臉上表情掩不住欣喜。

那神色絕不是在嘲弄到了這年紀還有許多事未曾經歷的我。

所以我頓時理解了奏音的心聲。

在這狀況下，我如果遲鈍一點也許會比較幸福，很遺憾並非如此。

…………這趨勢好像不太對。

我無法接受她的心意。

也不可以接受。

因為我是成年人。

「那、那個喔，如果——」

「我洗好了～」

「嗚呀——！」

陽葵突然出現在客廳，奏音嚇得肩膀猛然一顫。

「啊咦！不、不好意思嚇到妳了。」

「不、不會，我沒事。那換我去洗澡！」

奏音拿起換穿衣物，連忙走進盥洗室。

陽葵看著奏音慌慌張張地跑進盥洗室，隨後微微歪過頭。

「……？請問怎麼了嗎？」

「沒什麼……大概是在電視上看到嚇人的場景吧？」

我隨口胡謅，不讓陽葵發現任何事。

「啊，這樣啊。原來小奏不喜歡恐怖的喔。」

我也許擅自在陽葵心目中的奏音身上添加了不同於事實的設定。

不過，之前去奏音的老家時，我隨口一句「鬼？」就讓她異常害怕，所以也許八九不離十吧。

總之，奏音的事先放到一旁。

接下來是陽葵。

陽葵用毛巾擦拭濡濕的髮絲，並且插上吹風機的插頭。

我假裝看電視，用眼角餘光觀察她的神色。

奏音剛才說陽葵回家之後看起來不太對勁——

不過剛才她和奏音說話時，感覺無異於平常。

我如此回想的時候，陽葵按下吹風機的開關，開始吹頭髮。

我將視線轉向電視。

因為要是一直偷瞄，大概會讓她起疑心。

恰巧剛才的連續劇已經結束，現在是播新聞節目。

我一邊留意陽葵的動靜一邊看電視。

陽葵吹頭髮的時間很長，大概得花上十分鐘。

不只陽葵，奏音也一樣。

長頭髮的女生要吹乾頭髮真辛苦啊——每次看到，我都會這麼想。

陽葵關掉吹風機，用梳子梳理頭髮的同時長長地嘆息。

那聲嘆息確實沉重得有如灌鉛一般。我過去從沒聽過陽葵吐出這麼沉重的嘆息。

看來奏音沒說錯——

「怎麼了？」

「咦？」

「發生了某些事讓妳像這樣嘆息吧？」

「沒、沒有……那個……」

陽葵還真是不會說謊。

一舉一動都是那麼率直。

「……打工的地方發生什麼事了嗎？」

「這、這個嘛——」

我只是試著追問，陽葵聽了就立刻露骨地挪開視線。

果然非常明顯啊……

人為了工作的事情心煩時，最常見的不是業務內容，而是人際關係。

所以我決定針對這個方向追問。

「該不會有人故意欺負妳？」

「沒、沒這回事！大家人都很好！」

「那理由是什麼？」

「唔——」

陽葵輕聲低吟後，猛然垂下肩膀。

「……其實，那個……店裡的前輩向我告白……」

「咦？」

這回答實在出乎我的預料。

短短一瞬間，思考停止運作。

不過客觀來看，陽葵確實長得可愛，而且個性親切又喜歡親近人。

這麼一想，陽葵有異性緣一點也不值得訝異。

「可是妳看起來不太高興，因為對方個性不好嗎？」

「不，其實是個溫柔又善良的人。可是我——」

陽葵說到這裡，抬起臉直視我的眼睛。

隨後沉默。

但是她依舊直視著我。

她的眼眸泛著些許濕潤水光。

不知為何，我不由得覺得那雙眼睛很漂亮。

同時我也理解了她的心聲。

「我對駒村先生——」

……不可以。這樣不行，不要再說下去了。

我連忙在心中祈求。

那句話一旦說出口，一切就會瓦解。

當下的生活和我們三人之間的關係毫無疑問會瓦解。

就像堆在沙灘上的砂堡漸漸被海水侵蝕掏空。

我再也無法承受，將視線自陽葵臉上挪開。

選擇逃避。

因為我覺得這是當下的正確選擇。

沉默又持續了好一段時間——

就在這時，我聽見浴室門開啟的聲音。

奏音洗好澡了。

感覺比平常快，但多虧如此，我得救了。

「對、對不起……那個，沒什麼……」

陽葵站起身，細語呢喃：「……我去畫畫。」逃也似的走進我的房間。

我頓時鬆了口氣，但不曉得這種感覺是對還是錯。

就寢時間到來前，陽葵都沒有走出我的房間。

奏音問我：「陽葵的狀況怎麼樣？」我只回答：「看起來確實是比平常沒精神，但理由我也不知道。」

我想把剛才與陽葵之間的一切當作沒發生過。

（——這樣真的就好了嗎？）

疑問掠過腦海，但我再度告訴自己這樣就好。

漆黑的房間。

我躺在床上，不知第幾次翻身。

輾轉難眠。

剛才陽葵哀愁的表情反覆掠過腦海又消失。

不行，不可以去回想。我得想些別的事。

最好是想著想著，最後不知不覺間失去意識——

『你有接吻過嗎？』

奏音的話突然在腦海中響起。
為何偏偏在這時回想起這句話？
人類的腦真是莫名其妙。
雖然覺得沒道理，但我的記憶依舊不斷追溯——
……我確實沒有經驗。
因為我過去沒和女性交往過。
雖然沒有——
「倒是有牽過手……」
突然間想起來。
國小時和友梨牽過手。
放學回家的路上。那是個寒冷的季節。
踢著小石子，或是猜拳贏的時候前進幾步——我們像這樣一邊玩耍一邊踏上歸途，結果天色都黑了。
我們兩個肩並著肩，走在少有行人的幽暗道路上。
四周暗到這個地步，就連我和友梨也明白「這下糟了」。
『變暗了耶。』

大概是無法忍受沉默，友梨呢喃道。

『嗯。』

『會不會被媽媽罵？』

『……應該會吧。』

『好討厭……好可怕……』

『……嗯。』

聽友梨這麼說，我想像自己被母親責備的樣子，心情憂鬱。

短暫的沉默後——

『手好冰喔……』

突然間，友梨握住了我的手。

我嚇了一大跳，而且也很害臊，但我沒有甩開那隻手。

同時心底萌生了某種害羞不自在的感覺，不過我立刻假裝不去看。

友梨大概是因為怕挨罵，想轉移注意力——我頓時這麼想。

我的手真的很冰涼。

但友梨的手更冰涼。

所以我那時覺得她只是想要稍微取暖而已。

然而在經過將近二十年的現在，我終於察覺了。

不，或者該說我終於能夠正視，不再挪開視線。

當時友梨會握住我的手，不是因為害怕也不是因為冷。

那只是表面上的理由。

恐怕是藉口罷了。

友梨只是純粹——

「…………」

那一天之後，我沒有再和友梨牽手，她也沒有對此多說什麼。

到了現在，她究竟懷抱著何種想法——啊，不要繼續想下去了。

那可是二十年前的事了，事到如今想這些要幹嘛。

我突然覺得害臊，把棉被拉高過頭，閉上眼睛。

今天的天空籠罩著一層薄薄的雲。

這個星期六的早晨有點陰暗。

「那我們出發了。」

「喔。」

我在玄關目送穿好鞋子的奏音和陽葵出門。

今天只有奏音和陽葵一起上街。

這是第一次只有她們兩個一起外出。

「不帶傘沒關係嗎？」

「嗯～～……天氣預報機率是不上不下的30％。如果真的下雨，就去便利商店買吧。」

「這樣啊。路上小心喔。」

「好～～」

兩人精神飽滿地回答後出門了。

寂靜造訪只剩我一人的房間。

仔細一想，這是自從兩人來到我家後第一次獨自度過假日。

久違的獨處時間——

直到不久前，我的生活中獨自在家是理所當然，但是現在我卻覺得不太對勁。對於這樣的自己，我感到困惑。

這是不太好的徵兆。

現在只是情況特殊，我遲早要回到原本的生活——

嗡～～～

「唔喔！」

突然間，冰箱發出的低沉聲響闖入思緒，讓我不由得肩膀微微一顫。

喂，別被冰箱運轉聲嚇到啊。

可是……

自從兩人來到我家，我從來沒注意到這點生活中細微的聲響。

我再度掃視空無一人的廚房和客廳，感覺好像比平常空曠。

——啊，不行不行，怎麼可以變得這麼傷感。

重點還是先想想今天中午要吃什麼。

要做飯也麻煩……久違地去外頭吃拉麵吧。

我盯著給了兩人零用錢而消瘦的錢包，在腦中列出幾個午餐的選項。

※　※　※

奏音和陽葵搭電車來到鬧區。

「嗚哇～～人好多喔～～」

目睹眼前人潮洶湧，陽葵不禁驚嘆。

在車站前的路上，行人多得堪稱接踵摩肩。

陽葵的打工地點位在使用人口不少的車站附近，但是熱鬧程度不及此處。

「畢竟是星期六嘛。小心別走丟了喔～～而且陽葵妳又沒有智慧型手機。」

「差、差點忘了……」

陽葵渾身顫抖，緊緊靠在奏音身旁，用力握住她的下臂。

「拜託，妳貼這麼緊，我很難走路耶。」

「可、可是我不想走丟……」

「好啦好啦。那就這樣吧，妳稍微離遠一點。」

奏音牢牢握住陽葵的手。

陽葵原本害怕的表情終於轉為平常的樣子。

「那我們走吧。」

「嗯。」

兩人邁開步伐，穿梭在人群之中。

今天出遊沒有任何具體的預定行程。

『陽葵！妳明天要打工嗎？』

『咦！我明天放假。』

『那就出去玩吧！就我們兩個！』

『嗯。』

昨天就這麼草率決定了，毫無計畫可言。

奏音的邀請當然出自純粹想和陽葵出去玩的心情。

不過其中也參雜了「不純粹」的想法。

最近這陣子，難以排解的鬱悶在奏音心裡漸漸累積。

奏音喜歡陽葵。

當初奏音對於與和輝的兩人生活百般不安，那個當下出現的陽葵在奏音眼中就有如仙女下凡。

回憶起第一天，陽葵明明是個來歷不明的女生，但光是同性這一點就讓奏音安心。

奏音承認自己確實喜歡陽葵。

到了現在更是珍惜。

反應率真，有點少根筋，不過關鍵時刻總是勇氣十足。

儘管奏音如此喜愛陽葵，心裡對她還是藏有一點不滿。

那就是她什麼都隱瞞。

仔細一想，至今奏音仍不知道陽葵的本名。

別說讀哪間學校，就連老家在哪裡都不知道。

而且，陽葵從幾天前就不太有精神的原因仍舊不明。

她曾向和輝探聽：「知道理由了嗎？」然而他也只是默默地搖頭。

和陽葵兩個人在街上閒晃，也許會有機會了解理由——這個模糊的願望也是動機之一。

兩人走進面朝大街的百貨公司。

總之先隨意逛逛。

百貨公司裡頭，服飾店、生活雜貨店、咖啡廳和餐廳等一應俱全，至少不會無聊吧。

「哇，小奏妳看，那件衣服好可愛喔。」

「喔～～真的耶，感覺很適合陽葵。」

「咦！真的嗎？」

「嗯。那種可愛風格穿在我身上就不太搭調吧。」

「會嗎？我覺得小奏穿起來應該也很合適。」

「不行不行，真的不行。」

兩人在平凡的對話中繼續往前走，來到男性服飾店前方。

若是在過去，兩人肯定不會放在心上，直接走過店門前。

然而今天她們同時在這裡停下腳步。

「妳看這條領帶，企鵝圖案耶。」

在奏音指尖所示之處展示著一條印著許多可愛企鵝圖案的領帶。

可選的顏色也有水藍色、粉紅、綠色、白色，相當豐富。

那似乎出自名牌，雖然看上去可愛，價格卻很高。

「這類的會適合駒村先生嗎？」

「啊哈哈！給和哥用太可愛了啦。」

「也許出乎意料地合適喔。」

「打這條領帶到公司，一定會被全體同事吐槽吧。」

兩人站在領帶前方有說有笑，不過陽葵的表情突然蒙上陰影。

「陽葵，怎麼了？」

「小奏，我……」

陽葵的話至此停頓，看起來像在猶豫是否該說出口。

奏音沒有催促，只是等待。

不久，陽葵靜靜地嘀咕。

「我不知道該怎麼辦……」

「妳是指什麼？」

「駒村先生……」

這瞬間，奏音不禁屏息。

因為她沒想過陽葵會主動對她提起這個話題。

「那個，我……呃……其實我是第一次這麼喜歡一個男性……」

「咦，啊——」

「喜歡」這個字眼讓奏音心驚得連她自己都驚訝。

雖然奏音很早就察覺了陽葵的心意，但這是第一次聽到她清楚說出口。

奏音聽她當著自己的面這麼說，複雜的情緒開始在心中打轉。

「但是，駒村先生大概根本不把我當一回事……他不會那樣看待我。」

這句話和先前陽葵在被窩裡吐露的心聲相同。

而奏音的處境也一樣。

奏音明白和輝始終貫徹「監護人」的立場。

這件事雖然教人難受，她還是不願意對自己的心情視而不見——

奏音凝視著陽葵濕潤的眼眸如此想著，這時她繼續說了：

「因為我還不是大人……」

陽葵無力地微笑的臉龐看起來十分悲傷痛苦。

奏音也覺得難受。

有種彷彿和輝當面對自己這麼說的錯覺。

於是奏音理解了，這幾天陽葵看起來沒精神大概是出自這個原因。

或許在自己洗澡的時候，和輝對她說了些什麼吧。

奏音原本猜測是在打工的地方發生了什麼事，但後來她認為能讓陽葵消沉至此，大概只有老家的問題，不然就是與和輝有關。

「………」

兩人好一段時間默默地互相注視。

陽葵應該也已經發現奏音對和輝的心意。

正因如此，奏音不知道自己能說些什麼。

她只知道如果就這樣保持沉默，負面的感情就會不斷膨脹——

「啊～～討厭啦！這種事我真的不在行！」

奏音突然扯開嗓門大喊，暴躁地亂搔自己的頭。

「咦？小奏？」

「陽葵！先吃點甜的轉換心情！像是聖代還有聖代，聖代應該也很不錯吧！」

「無論如何都想吃聖代啊……」

「總、總之！補充糖分會讓心情平靜一些。走吧！」

奏音一把牽起陽葵的手，邁開步伐。

握手的力道遠比剛才強。

對於這份粗暴，也許反而讓現在的陽葵慶幸吧。

陽葵淺淺地笑了，然而面朝前方的奏音沒有發現。

剛才點的草莓聖代擺到奏音和陽葵面前。

在倒三角形的細長玻璃容器中，乳白、鮮紅與粉紅描繪美麗的對比。

「開動了～～」

奏音伸出聖代專用的細長湯匙，豪爽地挖向放在最上方的冰淇淋。

緊接著毫不猶豫地把一整塊冰淇淋塞進嘴裡。

「嗯！好冰～～」

奏音按著臉頰，幸福的表情彷彿在說——人生就是為了這個瞬間而活著。

陽葵看到奏音一口吃下的冰淇淋分量後目瞪口呆，接著回過神來開始享用聖代。

兩人坐在開放式咖啡廳的一角。

因為正值假日，座位幾乎都被和奏音她們年紀相仿的年輕女性占滿。

「簡單說，問題就在於和哥對小孩子沒興趣嘛。」

奏音突然直指問題核心，陽葵的肩膀倏地顫動。

「唔、嗯……就是這樣吧……」

奏音咬下半片威化餅——

「不過高中畢業後過不久，我們也是成年人了吧？我覺得和現在沒什麼差別就是了。」

這句話讓陽葵睜大了眼睛。

奏音將冰淇淋擺到剩下的威化餅上，一起咬下。

「況且，我覺得我們和『大人』之間根本沒有那麼清楚的界線吧。」

「咦？」

「唔～～……該怎麼說呢？我不是說法律規定，而是心情上的問題？之類的？如果要說人一到20歲就突然變成大人，感覺也不太對……我想說的意思，妳懂嗎？」

「嗯～～……小奏想說的意思，我大概明白。」

「真的？」

「嗯。比方說，國小的時候，高中生看起來就很成熟吧？

不過當自己變成高中生，心還是跟國小時沒有多少差別……

然而我卻成了大家口中的『高中生』。

我真的有資格被稱作『高中生』嗎？自己的頭銜和心靈之間好像出現了落差——我有這種感覺。

剛才小奏想說的，就是這個意思吧？」

陽葵一口氣說完，奏音忘了繼續吃聖代，愣了好半晌——

「對！我就是這個意思！咦？陽葵好扯……剛才讀了我的心？」

「呃，不是這樣……」

「也就是說，我和妳其實有些地方心有靈犀吧。嗯嗯。」

聽奏音這麼說，陽葵露出微笑。

純粹因為奏音這句話而欣喜。

（嗯～～……和哥只是因為我們是「高中生」，所以不會那樣看待我們。但是當我們不再是「高中生」的瞬間，也很難想像他會立刻萌生那種心情……）

奏音把冰淇淋的部分全部吃完，一面思索一面將湯匙深深探入草莓果醬與幕斯的領域。

「我看還是趁現在先埋伏筆比較好吧～～……不過該怎麼做呢？」

「咦？」

聽見奏音突兀的自言自語，陽葵愣住了。

奏音慌張地猛揮手。

「啊，沒事——沒什麼。總之，我想說的是，要放棄還太早吧？」

奏音用湯匙挖起草莓果醬和幕斯，送進口中。

「嗯……說得也是。我也還沒真的告白，所以還可以抱持希望吧——」

陽葵的臉頰漸漸泛起紅暈。

也許只是頭痛醫頭，但至少成功讓陽葵打起精神了。

話雖如此，奏音心中五味雜陳。

（照理來說，陽葵和我是情敵啊，為什麼我在做這種事呢……我自己也搞不懂自己的心情……）

來吃聖代原本是為了排解煩悶，卻不怎麼順利。

越思考只會讓胸口的鬱悶更加膨脹，奏音把精神集中在品味聖代上。

「小奏大吃特吃的模樣，好可愛……」

「唔咦？」

奏音沒發現她面前的聖代消失的速度是陽葵的兩倍。

兩人離開咖啡廳後，來到位在樓上的電子遊樂場。

各種聲響如洪水般四處奔竄，兩人在這之中逛過每台抓娃娃機。

「小奏妳看這個零食，好大一包耶！」

「咦？真的超大包的，好搞笑喔。」

看到尺寸比平常大上數倍的零嘴當作獎品，兩人樂不可支。就在這時——

「咦？是奏音耶！」

「真的耶～～嗨～～～！」

突然聽見自己的名字，奏音猛然轉過頭。

眼熟的兩人看起來很要好，肩並肩站在不遠處。

「是由衣子和小麗耶。」

見到同班同學突然出現在眼前，奏音睜圓了眼。

由衣子和小麗小聲歡呼，靠向奏音和陽葵。

「在學校外頭遇見奏音，這好像是第一次喔～～妳家該不會很近？」

「呃，其實有點遠。」

「這樣啊，所以妳今天出了趟遠門吧。話說，旁邊這個女生呢？」

兩人的視線轉向陽葵。

陽葵面露僵硬的笑容，微微低頭行禮。

「啊，呃～～……她叫陽葵——是我的表妹，和我們同年。」

「哦～～這樣啊。」

「好可愛！」

「謝、謝謝……我叫陽葵，幸會，請多指教。」

見奏音突然添加「表妹」這個設定，陽葵也順從地配合。

因為她覺得這樣比較能避免對方繼續追問。

「初次見面～～我是由衣子～～」

「我是麗，請多指教嘍，小葵。」

「她們都是重度偶像宅。」

聽奏音如此說明，陽葵睜大眼睛並驚呼。

雖然領域不同，對於「宅」這樣的分類，她湧現了些許親近感。

「順便問一下，小葵有特別喜歡哪個偶像嗎？」

「我、我不太懂……」

「好了好了，不要把我家陽葵拖進妳們的無底深淵啦。」

奏音像要保護陽葵般摟住她的肩膀。

由衣子說著：「抱歉抱歉，一時忍不住。」吐出舌頭。

「奏音妳們之後有要去哪裡嗎？」

「嗯～～也沒特別要去哪裡，只是四處閒晃而已。」

「是喔～～既然這樣～～要不要大家一起去拍大頭貼？」

奏音和陽葵彼此互看。

陽葵有些羞赧地微笑並點頭，看起來似乎並不抗拒。

「好耶，那就立刻出發吧！」

「走吧走吧～～！」

奏音與陽葵跟在格外興奮的兩人後頭，也邁開步伐。

四個人來到大頭貼機並排的區域後，立刻鑽到機器內，擺出各式各樣的姿勢拍照。

取得拍好的貼紙，她們便移動到擺在附近的小圓桌。

「小葵，為什麼妳的手都擺這樣？」

「啊，我在拍的時候也想問。是特別喜歡這個姿勢嗎？」

由衣子和小麗用圓桌上附設的小剪刀剪裁貼紙並分配。

「咦？這是因為——指甲塗得很漂亮，我想拍起來當紀念。不過蝴蝶實在太小了，看不清楚啊。」

「該不會妳很中意現在的指甲？」

「……嗯。」

奏音這麼問，陽葵有些害臊地微笑。

對喔，她的指甲自從友梨把指甲油帶來家裡後就沒有變過。

仔細一看，指甲已經稍微變長，根部露出指甲原本的顏色。

「既然妳這麼喜歡，之後再幫妳塗吧。要貼紙的話，友梨小姐之前給的還剩很多——」

奏音說到一半，注意到陽葵表情的變化。

明明面露笑容，卻有幾分寂寥。

「指甲塗這樣回家，大概會挨罵吧……」

「咦？是喔？」

「妳家這麼嚴啊……」

「…………」

奏音無言以對。

也許陽葵的學校完全禁止這類打扮。

不過她覺得陽葵說的「挨罵」，原因恐怕不僅止於此。

不接納陽葵的夢想還擅自丟掉畫具的父母。

因為陽葵沒有詳細說過，奏音也不知道他們是什麼樣的人。

儘管如此，看到陽葵這樣的表情，奏音對他們終究沒有好印象。

奏音有時會對「自己沒有完整的雙親」這件事感到無可奈何的空虛感。

羨慕朋友或同學也絕非一兩次。

然而儘管父母都在，還是有像陽葵這種心靈無法得到滿足的孩子。奏音現在明白了這一點，有種非常複雜的心情。

在這之後，四個人在電子遊樂場盡情玩耍。

在氣墊球桌打出不分軒輊的激戰，在賽車遊戲中所有人屢次衝出賽道而拖泥帶水，讓四個人笑得肚子痛。

在紙杯式的自動販賣機喝了飲料，稍事休息後——

「那我們要去買衣服了，先走嘍～～」

「再見～～！」

語畢，由衣子和小麗便離開了。她們和剛才遇見時一樣，保持肩膀幾乎相觸的距離。

奏音和陽葵再度回到兩人獨處，在通道中央以等間隔設置的長椅坐下。

「陽葵，不好意思，我朋友突然來打擾。」

「不會啊，我覺得很開心。話說那兩位感情真的很好呢，好像一直黏在一起。」

「啊～～是啊，平常就像那樣。」

「這樣啊……其實這是我第一次拍大頭貼。」

陽葵從包包裡取出大頭貼，開心地打量裁切給她的那部分。

奏音也跟著面露笑容。

「是喔……那就好。」

因為由衣子和小麗隨時散發著「陽」氣，讓奏音起初有點擔心，但是陽葵似乎不覺得抗拒並接納了兩人，奏音便安心了。

「陽葵妳……」

「嗯？」

「啊，沒什麼──」

關於和輝、關於陽葵的老家、關於陽葵的學校和朋友、關於將來──

想問的問題和想說的話有很多，但奏音無法順利將之彙整成話語。

看到奏音的神色，陽葵大概也有她的想法吧。

她突然輕聲呢喃：

「……其實，我最近有點害怕去打工……」

「咦——？怎麼了？該不會有人欺負妳——」

「沒有，不是那種事。不過……今天像這樣和小奏出來玩，讓我恢復精神了。」

「真的嗎？真的沒問題？」

「沒事了。謝謝妳，小奏。」

「這樣啊……」

雖然陽葵還是老樣子不願透露詳情，不過她願意這麼說，還是讓奏音很開心。

「那個，陽葵……之後再一起出來玩吧。」

「嗯！下次打工休假的時候再出來玩。」

奏音看到陽葵開朗的笑容，由衷覺得今天有出來玩真是太好了。

正要回家的時候，兩人發現雨點稀疏滴落。

她們站在大樓入口處仰望天空。

「降雨機率明明才30％啊……」

「到那邊的便利商店買把傘吧。」

「也對……」

走出百貨公司，兩人興高采烈地喊著：「會淋濕～～！」「啊哈哈！」一路奔向旁邊的便利商店。

之後她們只買了一把傘，一起擠在傘下。

「陽葵，再靠過來一點啦。」

「可是小奏妳的肩膀會淋到雨。」

「妳也一樣吧？」

「那就靠緊一點吧。」

兩人緊緊依偎著彼此，任憑另一邊的肩膀被打濕，邁開步伐。

突然間，陽葵噗哧笑出來，奏音納悶地歪過頭。

「我們也像剛才的由衣子跟小麗一樣黏在一起耶。」

「……嗯。」

奏音露出淺笑，更用力地握緊了雨傘。

※　※　※

第9話　喝酒聚餐與我

以人事命令強迫調職或異動是陳年陋習——我個人這麼認為。
原本明明是想在這個地方工作才就職，卻突然被派到其他地方。
而且員工還無法要求變更或取消命令。
儘管名義上是升職，心理上終究是種負擔。
這次慘遭人事命令指定的員工一共有六人，會計部有一人，業務部也有一人中選。
於是會計部與業務部合辦歡送會。
聽說部長之間感情不錯，計畫很快就敲定了。
在午休時間的員工餐廳，我從佐千原小姐口中得知這件事。

數天後的早上——
「今天不用準備我的晚餐。」
吃早餐時，我對奏音如此說道。

順帶一提，今天很罕見地早上就吃烤魚和味噌湯。

「昨天睡前說過了吧？我沒忘記。是歡送會吧？」

「嗯。只是以防萬一，提醒一下。」

畢竟兩人來到我家後，這是我第一次下班後參加餐會。

也因此我心中有些不平靜。

剛才的對話好像夫妻啊——絕不是因為我剛才冒出這種感想。

「請問預定幾點回來？」

我無法回答陽葵這個問題。

因為沒有明確的結束時間。

這次是歡送會，結束後肯定還會續攤。

「不曉得……只知道會在最後一班電車前回來。妳們可以先睡。」

……這也像夫妻之間的對話——不要沒事就往這方面想啊。

「這樣啊……我明白了。回家路上請小心喔。」

「喔、嗯。」

這種罪惡感是怎麼回事？

把兩人留在家裡，自己去聚餐，居然會有這種內疚的心情。

我要冷靜。這只是職場應酬，和她們兩個沒有關係吧。

……哎，盡可能不要太晚回家吧。

今天的工作沒出紕漏，順利結束了。雖然部門的氣氛比平常浮躁。

雖然並非關係特別親近，但是一起工作的同事要離開還是讓人有點寂寞。

在這有點傷感的氣氛籠罩下，我們移動到車站附近的酒館。

因為是由會計部與業務部合辦，人數還不少。

下凹式暖桌爐座位的包廂相當寬敞，但是所有人就座後感覺很擠。

哎，也許是因為男性比女性多吧。

因為這間店的用餐時間限制為兩小時，用不著擔心拖泥帶水。這點很好。看來應該能在最後一班車之前回家。

「駒村先生和磯部先生，辛苦了。」

佐千原小姐坐在我旁邊。我微微低下頭。

這幾秒當中，她仔細打量我的臉。

……怎麼了？剛才短暫的空檔，我有表現出奇怪的態度嗎？

就在我搞不懂原因而納悶時，磯部身子向前傾，探出頭。

「佐千原小姐也辛苦啦。」

磯部也向她打招呼，這時菜單傳到眼前了。

看來飲料可以自選。

不過要選也很麻煩，就隨便點個生啤酒吧。

反正平常在家都喝發泡酒。

所有人迅速決定好用來乾杯的第一杯飲料，等待數分鐘。

用托盤端著大量飲料的店員現身，剛才閒話家常的悠然氣氛頓時轉變為「應酬餐會」的氣氛。

「呃～～那就先請本次人事異動的成員，業務部的一橋與會計部的千条說幾句話──」

業務部的部長如此開場，歡送會開始了。

酒足飯飽，順利結束第二攤後，我決定先離開。

這時磯部和佐千原小姐順勢跟著我離開，兩人大概原本就在等待脫身的時機吧。

還有不少人要續第三攤，讓我有些吃驚。

明天不是假日，大家體力還真好。

「磯部和佐千原小姐不參加第三攤嗎？」

「哎～～工作上的應酬到第二攤就夠了啦。上司也在場，再待下去沒什麼樂趣。」

「我也和磯部先生一樣。」

「果然這樣想很正常吧？要喝還是找一群能輕鬆聊天的人——啊，乾脆我們三個自己續攤？」

「不了，我想睡覺，先回家了。」

「我今天也……」

磯部心目中「輕鬆聊天」的名單裡有我，確實讓我有點開心，不過奏音和陽葵還在家裡等我……

「是喔……」

「哎，有機會再去吧。我很樂意！」

磯部的神情顯然很消沉，佐千原小姐出言安慰。

磯部舉起一隻手，虛弱無力地回答：「啊，我只是隨便問問，別在意……」

呃，真的不好意思啦。

「哎呀～～……我真的打擊很大耶～～……居然是一橋被調走……」

走向車站的途中，磯部深深嘆息。

老實說，同一句話我大概聽了四次。

磯部喝了不少，似乎已經醉了。

「你們交情不錯喔？」

因為部門不一樣，我和磯部所說的一橋沒說過話。

況且我也沒有主動向陌生人攀談的積極個性。

陽葵那次——真的是我絞盡勇氣才辦到，況且狀況特殊。

「之前的聯誼都是他當主揪啊……接下來我要拜託誰讓我參加聯誼啊……」

「你在擔心這個喔？」

「欸，駒村，幫我介紹一下啦～～……可以幫我拜託你女友嗎？」

「我講幾次了！我真的沒有女友！」

磯部至今仍然對我有女友這件事深信不疑嗎？

這代表奏音和陽葵的影響在我身上真的有那麼明顯吧——

然而我自己很難對此有所自覺。

傷腦筋了……唯獨這兩人的存在，我得想辦法隱瞞。

照磯部的個性，說不定會說跟女高中生交往也沒關係——

我是覺得自己不該懷疑同事的品行，但是別人有哪種癖好，我也一無所知啊……

這時我突然感覺到視線。

佐千原小姐再次盯著我的臉。

「那個……我臉上有沾到什麼嗎？」

因為打從歡送會開始前她就這樣觀察過，讓我心生不安。

「啊，對不起。不是這樣——我只是覺得駒村先生表情看起來好像很想早點回家。」

「——咦？」

出乎意料的一句話。

「看起來……很想早點回家？」

「是的。在歡送會開始之前，就從你身上感覺到這樣的氣氛。」

「…………」

今天應該能早點回家確實讓我感到慶幸——但沒想到居然顯露在臉上了。

「啊，我不是說駒村先生的表情很明顯喔！這種氣氛我能隱約看出來。」

業務部難道在培育超能力者？

佐千原小姐的自述讓我不禁有些顫慄。

「呃，不過我真的沒有女友喔，請不要把磯部的玩笑話當真。」

「呵呵。那就當作是這樣吧。」

磯部狐疑地盯著我。就叫你不要再亂猜了。

我這麼想著的時候抵達了車站。

我和磯部的月台是相反方向——

「佐千原小姐呢？」

「我搭1號線。」

「啊，和我一樣耶。」

滿臉通紅的磯部露出軟綿綿的笑。看到他那少年般純真的笑容，佐千原小姐輕聲低吟：

「唔……」

……哎，剛才的反應確實算得上可愛，我的內心也不禁有點動搖。話說覺得男人可愛又是怎麼回事？

不過磯部這麼醉……真的沒問題嗎？

這時我才開始擔心他能不能平安回到家。

「不好意思，佐千原小姐，這傢伙就麻煩妳了。」

「好的。我會好好看著他，別讓他從月台摔下去。」

「這傢伙要是對妳開黃腔，可以扁他。」

「你喔……把我當成什麼了！就算是我，也不會亂開黃腔啦。」

「呵呵，沒問題的，駒村先生。我也很明白磯部先生不是那種人。」

「………人家很相信你喔。」

「我就說我不會開黃腔嘛！」

佐千原小姐看著我和磯部拌嘴，笑了一會兒後——

「我走嘍～～」

「明天見～～」

兩人輕輕揮手，走上月台的階梯。

我則往兩人的反方向邁開步伐。

看一下時鐘，現在剛過晚上十一點。

奏音和陽葵大概已經準備就寢了吧。也許奏音還在看連續劇。

——我注意到自己一放鬆就想著那兩人，不由得在心中苦笑。

剛才被佐千原小姐一語道破時讓我很驚訝，也許我的反應真的很明顯……

等待電車抵達的時候，我感到一陣熱爬上臉頰。

今天明明就沒喝那麼多啊。

第10話　告白與我

※　※　※

課程和打掃時間結束，奏音一隻手撐著臉頰，愣愣地看著窗外。

今天的導師時間同樣用來準備園遊會，但至此有同學提出了「希望能多增加一道菜」的意見。

奏音也同意。飲料種類是很豐富沒錯，不過食物只有戚風蛋糕稍嫌單調。

話雖如此，要另外準備什麼餐點？

男同學的主流意見是「咖哩」，然而已經有其他班級要開店賣咖哩，因此遭到否決。

說到咖啡廳的餐點，奏音首先想到聖代。不過考慮到製作所需的人力和成本，實在不可能實現。

最後仍沒有討論出結果，這個議題就這麼懸而不決。

這時，奏音腦海中突然浮現的是陽葵的打工地點「女僕咖啡廳」這個名詞。

（也許能得到一些靈感……跟和哥說的話，他會願意跟我一起去嗎？）

既然名稱是「咖啡廳」，菜單大概和一般的咖啡廳沒有太大差別吧。

一想到這裡，奏音突然覺得心癢難熬。

這是奏音第一次對園遊會湧現這麼強烈的動力。但不可思議的是，她對這樣的自己不覺得反感。

（今天不要直接回家，先到和哥的公司找他商量吧——）

奏音以前問過和輝的公司地址，只要看智慧型手機的地圖程式就能找到吧。

有種心情驅策著她，並非在車站等他，而是直接到公司。

如果奏音出現在公司前面，和輝會露出什麼表情呢？除了這樣的惡作劇心理，她注意到自己心中「想盡量與和輝兩人獨處更長的時間」的念頭——突然害臊起來，把整張臉埋到擺在桌上的書包。

（嗚～～不行不行，要冷靜。總之得先查清楚該怎麼去和哥的公司。）

奏音紅著臉從書包裡取出智慧型手機，但是在點開地圖程式前，她循著平常的習慣點開了社群網站。

「————！」

奏音盯著「那畫面」，好一段時間有如石像般一動也不動。

※　※　※

今天準時結束了工作，於是我順勢離開公司，見到友梨在外頭等我。
實際遇上幾次後，現在我已經完全習慣這幅情景。
話雖如此，我還是不太想讓磯部或其他會計部的同事目擊這一幕。他們八成會以為友梨是我的女友。
這些就先放一旁，她應該又為了兩人帶來生活用品吧。這純粹對我很有幫助。
「和輝，辛苦了～～」
如我所料，友梨手中提著一個漂亮的紙袋。
不過，我注意到友梨本人似乎有點反常。
「今天我買了瑪芬喔～～聞到那麼香的味道就忍不住了～～」
說話時語尾拖得比平常長，臉頰比平常紅潤，再加上那柔軟得平常無法比擬的笑容。
這模樣該不會——
「友梨……妳該不會……喝醉了？」
「啊，看得出來～～？是真的喔～～其實，我上次去應徵的第一輪面試送來合格通知了。我告訴店長這件事，打工下班後他就開了自己要喝的紅酒給我喝。呵呵，明明還有第二輪面試，店長真是急性子。這樣下次要是被刷掉，傷心的程度可不只是一點點喔。」

所以就喝醉了嗎？

友梨在咖啡廳打工，同時也在找工作。

她在原本待的公司倒閉後立刻就開始找新工作，但似乎遲遲沒有找到適合的工作。因為深感挫折，也為了至少能盡快拿到一份薪資，才開始現在這份咖啡廳的打工。

「希望妳下次面試也能順利。」

「嗯，謝謝你～～目標是就職～～」

友梨再度眉開眼笑地回答。

天黑之前就喝得醉醺醺，這樣好像也滿開心的。自從她們兩個來到家裡，我就控制自己不在白天喝酒，不禁有些羨慕她。

我們自然而然走向車站。走著走著，我發現友梨盯著我的臉。

「怎、怎麼了？」

「和樹真的有點變了耶～～」

「變了……？」

「嗯。自從和奏音、陽葵一起生活～～」

她露骨地瞇起眼睛對我這麼說。

「會、會嗎？」

「是真的啊。光是打扮就比之前整潔很多，而且……」

「而且？」

「幾乎不來我們店裡了……」

友梨垂下略帶憂傷的臉龐。

不知為何有根罪惡感的尖刺在心頭冒出，帶來輕微的刺痛。

「我之前也說過，那是因為必須省吃儉用——」

「嗯，我知道。我知道啊，可是還是覺得寂寞……」

「呃…………」

我不禁感到困惑。

有種純粹的欣喜，也有種害臊的心情，以及些許歉疚，再加上——

話說回來，喝醉酒的友梨感覺非常率真……呃，我不是說她平常就拐彎抹角。

仔細一想，我從來沒有和友梨一起去喝酒——看著她稍微鼓起臉頰的側臉，我這麼想。

我們轉入一條小巷子時，友梨突然停下腳步。

「友梨？」

我向前走了幾步，友梨的視線依舊指著後方，呆站在原地。

「妳突然怎麼了？」

「啊，抱歉。因為看見貓走過去，不小心看呆了。」

友梨笑盈盈地說道，小跑步追上我。

我也轉頭看向剛才友梨看的方向，但已經找不到貓的蹤影。

大概是野貓吧。我也明白會不小心看呆的感覺。

我們就這麼繼續向前走，聽見了孩童的嘻鬧聲。

公司大樓矗立在離大街有段距離的巷弄，因此附近有不少公寓林立。

其中一棟公寓附設的小公園內，年紀大概是小學生的小男生在裡頭跑來跑去。

當中的兩人立刻吸引了我的目光。

他們穿著白色武道服。

「那是柔道？還是空手道？」

友梨也注意到他們，輕聲呢喃。

「光看服裝沒辦法分辨。」

一人是白帶，另一人則是黃帶。

兩人同樣才剛入門不久——我只看得出這些。

大概是趁著才藝班下課要回家時玩耍吧。

『不要穿著武道服出去玩，會弄髒！』回憶起在國小時曾經被母親這樣教訓，我不禁挑起嘴角。

那兩個孩子現在肯定充滿了上進心，勤於練習吧。

「真希望他們好好努力。」

如此呢喃的瞬間，感覺到胸口傳來被扎了一下的痛楚。

「因為我最後沒有成器。」

「和輝……」

忍不住說這種自嘲的話。

也許這是我第一次吐露深藏在心裡的感受。

沒錯，我沒有成器。

花費許多時間鍛鍊、練習、忍耐、懷抱希望——

儘管如此，我還是沒有成為特別的人。

只是體悟到我原本就是「沒有才華的人」。

照理來說，在習武的同時也能鍛鍊精神。

但我就連這方面都不及格。

輕易地一蹶不振。

況且如果我真的喜歡柔道，就算明白自己的極限，還是會繼續練下去吧。

有好一段時間，只有兩個人在柏油路上踩響的腳步聲。

我開始後悔剛才說出那句話。

友梨大概不知道要怎麼反應吧？能感覺到不知該如何是好的氣氛。

「抱歉。反正都過去了。」

「……我都知道喔。」

友梨突然停下腳步。

「咦？」

聽見這句莫名其妙的話，我反射動作般睜圓眼睛。

「妳在說——」

「那時和輝有多麼努力，有多麼認真，我都知道。」

友梨注視著我，臉上表情與剛才軟綿綿的笑容截然不同，非常堅定——

不知為何在她的注視下，我的胸口覺得有些難受。

過去出門練習時，一走出玄關便會與在外頭玩耍的友梨四目相對。

她揮手對我說「路上小心」的身影從記憶中浮現。

而且有比賽的時候，她還會和哥哥一起特地來看。

「我一直，看著你……」

話語聲剛落，一顆淚珠自友梨的眼角滑落。

我慌了。

我不懂為什麼這個當下友梨會哭。

難道友梨本來就是喝酒後容易掉淚？還是有其他原因？

「那個，友梨……？」

友梨以手指拭淚，繼續說道：

「你才沒有不成器。不要這樣說自己！如果你真的不成器，我不就更糟糕了嗎……」

我更是一頭霧水。

無法理解她說的話。

那和數字不同，一點也不明確。

自友梨眼眶掉落的淚水沒有止息的跡象。

儘管如此，友梨抬起那雙濕潤的眼眸，筆直注視著我的眼睛。

「我沒有任何能像你那樣全心投入的事，就連能拚命去做的『某件事』都沒有，真的完全沒有。所以那時候努力練柔道的和輝讓我很羨慕——」

說到這邊，友梨吸了吸鼻水，繼續說：

「也覺得很帥氣。」

出乎意料的一句話。

我真的不知道友梨居然對我懷抱著這樣的看法。

「呃……謝謝——」

「我喜歡你。」

友梨打斷我的道謝，毅然說道。

時間彷彿停止流動。

一陣風吹過，胡亂撩起友梨的髮絲。

「————咦？」

「我一直喜歡著你……喜歡和樹，遠在那『兩人』之前。」

第二次的「喜歡」聲音顫抖。

我的腦袋和心頭都呈現白紙般的狀態。

完全不曉得該說什麼才好。

這對我真的有如晴天霹靂——

「友梨………」

「……抱歉，我今天還是別去了。況且，酒也還沒醒。」

友梨垂著頭，把她提著的紙袋塞到我懷裡。

「……對不起，這麼突然。」

她小聲說完，跑向車站的驗票閘口。

我呆站在原地好一會兒。

開始在心頭打轉的感情究竟算什麼——

我現在完全無法分辨，真是丟臉。

唯獨加速跳動的心跳聲在腦海中不斷迴盪。

※　※　※

奏音一心只管奔跑。

再清楚不過地感受到心臟正激烈跳動，氣喘吁吁。

不過原因不只是她的奔馳——

下課後，奏音順從那股衝動來到和輝的公司前方。然而她沒有與和輝會合。

因為奏音抵達時，正好撞見和輝跟友梨並肩邁開步伐。

（為什麼剛好是今天——）

見到兩人走在一起的身影，從未感受過的苦悶壓在心頭。

平常的奏音大概不會在意，會走上前去跟兩人搭話。過去的她肯定能辦到。

但是今天的她辦不到。

因為走出校門時才因為「能與和輝兩人獨處」而興奮不已，現在卻被當頭潑了冷水。

因為她看到友梨的笑容比平常柔和，成熟之中帶著可愛，又洋溢著女人味。

奏音心中湧現了劇烈的焦躁以及無法排解的自卑感。大人與小孩之間的差距彷彿清楚地擺在眼前。

儘管如此，奏音還是無法立刻轉身離開。

她難以按捺好奇心，想知道兩人之間究竟都聊些什麼。

奏音悄悄跟在他們身後——

於是她發現友梨突兀地轉過身，便連忙躲到停在路邊的宅配卡車後方。

藏身的時候，奏音的心臟更是撲通撲通跳個不停。

一瞬間，確實與友梨四目相對。

也許只是錯覺。對方也許並沒有認出自己的身分。

不過，恐怕她已經注意到有人跟在後頭。

（還是別繼續跟下去比較好吧——）

然而「對兩人好奇」的想法依舊盤踞在心頭。他們到底在聊些什麼，奏音終究無法不去在意。

奏音先深呼吸一次後，決定繼續跟蹤。

就在兩人經過公園前方時，奏音認為「這是好機會」而穿越公園，拉近距離。

她藏身在銀杏樹後方，慎重地靠近——

於是她聽見了。

聽見了友梨的告白。

她一直深藏在心底的心意。

聽見那句話的瞬間，奏音頓時有種五臟六腑變成冰塊般的寒意。

回過神來，奏音已經拔腿跑出公園。

奏音只管全速奔跑。

雖然搞不懂理由，但是一定要比和輝先到家——這樣的想法統治了奏音的思緒。

所以她一定要比和輝早到車站。

一定要先回到家，一如往常、若無其事地迎接和輝回家——

一想到這裡，不知為何眼角就漸漸開始發燙。

奏音回到大街上，穿梭在人潮中繼續奔跑。

因為她很快就找到路標，回到車站的途中沒有迷路。

奏音衝進電車的同時，手撐著膝蓋，激烈地不停喘息。周遭的視線紛紛往奏音身上集中，但現在她裝作沒發現。

大概是跑得太拚命了，血一般的味道自喉嚨深處湧現，在口中擴散。

那味道非常令人不快，希望可以快點消褪。

※　※　※

「啊，歡迎回來，駒村先生。」

「……你回來啦。」

兩人一如往常在家迎接我回到家。

『我一直喜歡著你……喜歡和樹，遠在那「兩人」之前。』

這瞬間，友梨的這句話掠過腦海。

所以我沒辦法開口回應她們兩人。

……不過我現在不能去思考這些事，老實說超出處理能力了。我輕輕甩頭，消除友梨的幻影。

「這是友梨給的。」

我先將她給的紙袋擺到餐桌上。

「啊，你剛才見過友梨小姐啊。裡面裝的是什麼呢？」

「她說是瑪芬。」

「哇！好期待喔！」

「……是喔。」

陽葵表情興奮，另一方面，奏音的反應平淡。

平常她總會第一個衝上來才對，今天是怎麼了？也許她因為準備園遊會而感到疲憊吧。

「嗯？等一下，下面還有其他東西喔。」

陽葵自紙袋中取出了瑪芬以外的白色盒子。

「這是——毛巾？」

「是浴巾耶，好可愛～～！」

摺疊捲起的三條顏色不同的浴巾並排在盒中，上頭印著許多小小的羊的圖樣。

這種生活用品不起眼但確實很有幫助。自從和兩人一起生活，毛巾的使用量也增加了。

「顏色也不一樣，可以每個人分開……藍色就給駒村先生嗎？」

我默默地點頭。

「小奏呢？」

「我要米色的。」

「那我就用粉紅色的喔。今天洗好澡就馬上拿來用吧。」

陽葵把浴巾貼在臉頰，享受柔軟觸感並這麼說。

「不行不行，新買的一定要先洗過一次。」

「嗯？是這樣喔？」

「就是這樣。不然吸水能力會很差，膠還黏在上面。」

「這樣啊……」

奏音一邊回答一邊對呆愣的陽葵點頭。

這種地方就能感覺到奏音的生活能力之高。

「所以說，明天洗衣服的時候拜託妳了。啊，不用加柔軟劑。」

「嗯，我知道了。」

我聽著兩人的對話，走向盥洗室。

「不好意思，我可以先洗澡嗎？今天感覺有點累。」

「啊，好的。我知道了……」

陽葵露出吃驚的表情回答。奏音雖然沒說話，眉毛卻明顯下垂。

我大概還是藏不住情緒，散發出不同於平常的氣氛吧。

但是我也沒有心力掩飾，默默地關上盥洗室的門。

「唉……」

我泡在浴缸裡，屢次用溼答答的手抹臉。

與友梨分開之後，理智和感情始終無法恢復鎮定。

我原本自認對別人的感情並不遲鈍。

事實上，我也看穿了奏音和陽葵對我抱持的感情。

不過，沒想到連友梨也——

這時我回想起當年牽手時的往事。

也許那是出自好感的行為？我這麼想過。

但是我從未察覺一直到了二十年後的今天，友梨依然對我懷抱同樣的心情——

……我沒有察覺……？

這時我對自己的想法感到不對勁。

「不，也許……不是這樣……」

也許我其實心知肚明，只是無意識地不去注意，在心中加上了偏見。

肯定是因為我盲目地相信「童年玩伴」這個字眼帶給我的安心感吧。

話說回來，「喜歡」啊…………

桃花期突然降臨到自己身上，讓我暗自欣喜的同時也無法就此歡天喜地。

我真的不曉得——究竟該如何回應友梨。

「因為……都二十年了啊。」

時間長得讓我不禁說出口。

況且雖說是童年玩伴，我和友梨也並非形影不離。

也曾有一段時期疏遠了。

我對她懷抱模糊情愫的時期——過去也確實有過。

不過現在已經太遲了——

在我心目中，友梨已經成為家人般的存在——

時間非常殘酷。過去確實一度抱持那種情感，但如今已經變質。

『那時和輝有多麼努力，有多麼認真，我都知道。』

『我一直，看著你……』

友梨的話語在腦海中重播。

我承認這句話純粹讓我很高興。

但是——

日後我該怎麼和友梨相處？

我在浴缸裡想了好一段時間，最後沒有想出答案。

洗完澡，我發現晚餐已經擺在桌上。

今天的菜色是青菜炒肉、中式清湯和生菜沙拉。

「有點慢耶，睡著了？」

「啊，嗯……」

「是喔……」

奏音不感興趣般如此回答後，幫我從冰箱取出發泡酒擺到餐桌上。

我看向時鐘，這才發現我好像泡了大概四十分鐘，難怪覺得有點暈。

「你好像很累喔……今天請早點睡吧。」

「謝謝，我會的。」

我坐到餐桌旁並拿起筷子。就在這時，奏音難以啟齒般看向我，說道：「那個……」

「怎麼了？」

「啊，呃～～……因為和哥『很累』，我也不太想提這件事——」

奏音遲疑地將智慧型手機的螢幕轉向我。

顯示在畫面上的是社群網站的個人訊息交流。

不過，內容完全是奏音單方面送出訊息。

對方的姓名欄上則顯示「媽媽」。

照內容來看，奏音似乎每天都傳一句話給阿姨。

然而並非「妳在哪裡？」，而是她今天在學校做了些什麼、吃了些什麼。顯示在畫面上的盡是這些日常瑣事。

「坦白說，直到昨天都沒有顯示已讀……但是今天一看，訊息顯示已讀了。」

我睜大眼睛，再度仔細觀察畫面。

確實每一則訊息都出現了「已讀」。

「雖然還是老樣子不接電話……和哥，明天我可以回家看一下嗎？有個東西我想先放在家裡。」

「有東西想先放在家裡？」

「嗯。園遊會的門票。」

奏音說得輕描淡寫，不過房間內的氣氛一瞬間凍結了。

「去年我也給過她，不過她有工作要忙，沒辦法來。但是，你想嘛，這次她應該……沒有工作要忙吧？所以我想說也許有機會。」

奏音雖然維持一派輕鬆的態度，在那話語中究竟託付了多麼沉重的希望──不只是我，大概連陽葵都明白了。

「喔，我懂了。既然這樣，我也一起去吧。」

「可以嗎？」

我沉沉地點頭。

「要等我下班就是了。在車站碰頭，可以嗎？」

「嗯，沒問題……謝謝你。」

奏音放心般淺淺一笑，隨後又歉疚地看向陽葵。

「抱歉了，陽葵。明天晚餐可能會晚一點。」

「我沒關係，別介意，放心去吧。」

於是，我們決定明天再度造訪奏音家。

午休時——

我在員工餐廳吃過午餐，獨自一人移動到逃生梯樓梯間，目的是打電話。

這裡很安靜，鮮少有人經過。

午休時的熱鬧氣氛頓時轉變，充斥在這裡的靜謐彷彿能讓人察覺空氣中塵埃的動靜。

雖然有些緊張，我從智慧型手機的聯絡人中找出老爸的電話號碼並撥出。

爸爸同樣在工作，不過現在大概是午休時間。

聽見幾聲撥號聲後，老爸接起電話沒報上名字，立刻就說：『喔？有事找我？』

「抱歉突然打電話，我只是想問阿姨的行蹤是不是有下落了——」

『嗯～～……』

老爸短暫低吟後——

『雖然已經向警察提出協尋，不過目前沒有明顯的進展。』

「是喔……」

『而且就算提出協尋，警察好像也不會因此特地幫忙找人。』

「咦？是這樣嗎？」

這消息讓我有些驚訝。

『是啊。若對象是未成年或老人等恐怕無法獨自生活的人——警方有時候會特地去找。不過已經自立的成年人憑自己的意志離家的狀況，除非是被捲入事件中，警察基本上好像都不會積極調查行蹤。』

「也對，警察大概也沒時間去找離家出走的大人吧……」

協尋要求的總數想必很多，實務上沒有足夠的人力一一應付吧。

『而且就算找到人了，警察也無法強制她回家。』

換言之，除非阿姨自己下定決心回家，不然終究不會回來——

簡單說就是這樣吧。

這——實在無法告訴奏音……

『哎，如果真的找到了，警察至少會告訴我們她人在哪裡。』

「這樣啊……嗯，我知道了。」

看來不能抱持期望……

『……奏音的狀況怎麼樣？』

「目前看起來滿有精神的。」

『這樣啊……』

沉默持續了數秒。

關於奏音的狀況，我也無法再說更多。

因為有陽葵在讓她不致於太過消沉，這大概才是事實——不過我當然不能對老爸坦白陽葵的存在。

『話雖如此，絕不可能真的沒事吧……和輝，不好意思，拜託你再多照顧她一下。』

「嗯，我這邊沒問題。」

『午休時間要結束了，要掛電話嘍。』

「我也該回去了。謝謝。」

切斷通話後，我深深吐出一口氣。

雖然不知道「一下」指的是多長的時間——

我已經有了決心，在奏音高中畢業前都讓她住在我家。

這時我突然想到。

陽葵的父母——真的有心想找到她嗎？

為防萬一，我時常注意新聞等消息，然而至今仍沒有看到「高中生少女行蹤不明」之類的報導。

在傍晚下班尖峰時間的電車間轉乘，抵達奏音老家附近的車站。

因為大量乘客在前一個車站下車，這站只有零星乘客下車。

事先約好在車站碰面，卻沒有見到奏音的身影。

我取出智慧型手機想聯絡奏音時，聽見了一聲：「和哥！」奏音從後頭叫住我。

「抱歉抱歉，我有點口渴，就跑去便利商店買飲料。也有和哥的份喔。」

奏音把手中的寶特瓶遞給我。

乍看之下以為是水，仔細看才知道是水蜜桃汁。

果汁之類的已經很久沒喝了啊，畢竟在家老是喝發泡酒。

「那我就不客氣地收下了。我們走吧。」

「嗯。」

我一面扭開寶特瓶蓋一面邁開步伐。

喝了一口，口感清爽但甜味長久殘留在嘴裡。

太久沒喝了，突然喝就覺得好甜啊。不過對工作疲憊的身體也許正好。

奏音也邁開步伐，灌了一口飲料。

「噗哈～～～～好冰！」

奏音的反應有如灌啤酒的中年大叔，之後又喝了一口，眼睛凝視著某個方向。

那是奏音家所在的方向。

「嗯…………很冰。」

這句話同樣是在指飲料嗎？

奏音浮現些許憂愁的側臉在夕陽照耀下顯得格外漂亮。

我們抵達奏音家所在的公寓。

大概是之前來過一次，這次感覺比較快就到了。

奏音跟上次一樣，一口氣拿出塞滿信箱的傳單和信封後，以熟稔的動作從包包取出鑰匙，打開玄關大門。

「嗯～～榻榻米的味道還是好重。」

一打開玄關，燈心草的氣味隨即竄進鼻腔。

「住在這裡的時候不覺得味道有這麼重耶～～還是沒注意到而已？」

「沒有人住也是重要的原因吧？」

「啊～～有道理……的確只要有人生活，煮飯或洗衣之類的都會產生一些味道。對喔，是因為沒有人住啊……」

奏音脫鞋走進家中，立刻打開電燈，走到最裡頭的榻榻米房間。

開窗的聲音傳來，接著她隨即回到廚房。大概是去通風吧。

奏音一一檢視抓在手中的整疊傳單和信封，確認有沒有重要信件。很快地，她把傳單類全部扔進垃圾桶。

剩下的只有寄給阿姨的明信片，上頭寫著「健康檢查通知書」。

奏音把園遊會的門票疊在那張明信片上，用智慧型手機拍照。

大概是要傳給阿姨吧。

「送出……好了。這樣她就會懂吧。」

她似乎馬上就傳照片了。

如果阿姨讀了這則訊息，願意自己回來就好了。

「這樣就沒事了——啊，先等一下，我想帶一些衣服過去！」

奏音說完再度走進榻榻米房間。我無事可做，只能站在這裡等候。

話說回來，用智慧型手機聯絡啊——

這時友梨的臉不由得浮現腦海。

事到如今我才察覺我們沒有交換過聯絡方式。

高中時我們曾交換手機號碼，但是從來沒有打電話給彼此。

我現在用的智慧型手機號碼已經和當時用的手機不一樣。

有一次把手機搞丟，全部換新了。

現在沒有輕易與友梨聯絡的手段——我發現自己為此感到安心。

因為我還沒找出答案。

離開奏音家時太陽已經西沉，天空轉為一片深藍。

「便利商店或超市——找個地方買晚餐回去吧。」

「嗯，陽葵也還在等啊。」

離開家門後，陽葵的腳步似乎變得比較輕盈了。

也許是因為和第一次在我面前哭泣的那次返家相比，狀況算是有所進展了。

至少阿姨讀了奏音的訊息。

「那個，奏音。」

「嗯？」

「啊，呃～～那個……」

「……？」

奏音表情納悶，但我只是搔著一點也不癢的側頸，話語遲遲說不出口。

在現在這個時機點說出口好嗎——事到如今我才不由得躊躇。

「怎樣？我很好奇耶。」

「那個，我也不曉得這樣講好不好，讓我有些猶豫——就算阿姨就這樣一直不回來，妳還是可以待在我家……嗯～這種講法好像又好像在施恩……」

「和哥……」

「不是啦，我的意思不是阿姨回來的可能性很低，我當然也希望阿姨會回來喔！」

「你用不著這樣強調，我知道啦。」

「是、是喔……」

因為這是敏感的話題，確實無法輕率地提起，不過這種事還是早點說清楚比較好……樂觀看待當然在心情上會比較輕鬆，但是事先設想最糟的狀況，發生問題時反應會比較快。

「有期限嗎？」

「——嗯？」

「我可以一直住在和哥家裡嗎？」

「至少可以讓妳住到高中畢業。」

「……那之後呢？」

奏音別有用意般只抬起視線看向我，對我問道。

唔……剛才我的說法也許會讓她覺得像是「畢業後就快點滾出去」。當然我一點也沒有這種意思。

「要看妳將來的出路。」

「和哥覺得沒關係嗎？」

「咦？」

「這樣會吃不到我做的飯喔～」

奏音這時惡作劇般微笑。

「這……老實說會很寂寞。」

「啥！」

「妳不要自己提起又這樣吃驚。我是真的覺得妳做的飯很好吃啊，這可不是客套話。」

「呃～……謝、謝謝……」

「不客氣，反倒是我一直受到妳的幫助，謝啦。」

「唔唔……」

奏音的臉紅到有點滑稽。

我之前就覺得她好像不太習慣被當面道謝。哎，這一點其實我也差不多就是了。

奏音的臉龐紅了好一陣子，繼續往前走。

這時要是隨便捉弄她也許會惹她不開心，我當作沒發現，繼續向前邁步，然而——

突然間，西裝的衣角被使勁拉住。

「那個……當然要先看和哥的意願，不過……畢業之後我還是能幫和哥做飯喔……」

奏音沒有看向我，指尖捏著西裝，小聲嘀咕。

我花了幾秒鐘，終於理解這句話的意思。

「呃——……咦——！」

「好！那我們快回家吧！」

奏音像是不需要我的回答，突然朝前方邁步奔跑。也許是想掩飾害羞吧。

她跑起來的模樣是那麼輕快，洋溢著與我不同的青春氣息。

「喂、喂！別逼剛下班很累，平常又運動不足的大人跑步啦！」

我連忙追在她身後。

不過，奏音剛才那句話是認真的嗎？

如果真是這樣——

我為了甩開在心底萌生的某種難以言喻的情緒，全力奔跑。

第11話　薪資與女高中生

※　※　※

當駒村和奏音不在，一房兩廳的公寓明明無異於平常，卻感覺格外寬敞。

「兩人要多久才會回來呢……」

陽葵看過時鐘後自言自語。

話雖如此，就算說出口，兩人也不會立刻回到家——

陽葵再度把視線轉向電腦螢幕。

將畫作送出去參賽後，陽葵依舊繼續作畫。

「好……完成了。」

這次完成的不是插畫，而是四頁的短篇原創漫畫。

陽葵憧憬的那位同人誌作家出過各種原創漫畫，陽葵深受其影響。

其實「陽葵」這個名字也是那本同人誌中登場的人物名稱。

話雖如此，陽葵深刻感受到漫畫的困難之處。

所需的技術和一張畫就完成的插畫完全不同。

儘管如此，近來陽葵靠著有樣學樣，漸漸能畫出還算像樣的短篇漫畫。

「也很久沒投稿了，上傳吧。」

陽葵在搜尋引擎中輸入畫作的交流網站名稱。

在離家出走前，陽葵都把作品放到這個網站上，不過離家出走後還沒有投稿過。

雖然只是短暫離開，光是看到網站的標誌就有種懷念的感覺。

登入後進入自己的頁面，上傳漫畫。之後在投稿前的最終確認時，她再度把短篇漫畫從頭讀過一次。

這次畫的是模仿人魚公主的奇幻故事。

少女天生就被下了「不可以喜歡上別人」的詛咒，有一天到森林玩耍時，腳受了傷而無法動彈。

這時青年獵戶現身拯救了她。

少女感受到青年的溫柔而萌生愛意，卻因為詛咒，無法表達自己的心意。

但是屢次與青年相處的過程中，少女終於無法按捺滿溢而出的心情。

就在她開口說出「我喜歡你」的瞬間。

詛咒使得青年化作閃亮的星光碎片，消失無蹤。

少女目睹自己犯下的錯誤，只能落下後悔的淚水。

——是這樣一篇悲劇的戀愛故事。

陽葵特別在青年消失的場面背景上色，表現出憂傷、美麗與殘酷……陽葵這麼認為。

人魚公主是戀情無法得到回報而化為泡沫，但在這個故事中，消失的是被告白的青年。

「…………」

雖然是自己筆下的作品，鼻子深處傳出一陣酸楚。

理由很明白，因為少女的身影與自己重疊了。

在那瞬間——幾乎要對駒村脫口說出自己的心意時，她在最後關頭嚥下了「喜歡」這兩個字。

現在她覺得這樣就對了。

雖然自己的心情可能已經被他看穿——

儘管如此，只要沒清楚說出口，在陽葵心中就還不算越界。

因為一旦說出口，與駒村之間的距離肯定會變得比現在更遙遠。

「……好想快點長大。」

陽葵吸著鼻水，環抱自己的膝蓋。

站在彼此對等的立場，傳達自己的心情後，如果自己是消失的那一方——雖然傷心，但還能接受。

但是，陽葵現在還未成年。

社會上許多「責任」都會指向成人。

上次險些告白，讓陽葵終於真正理解了告白的意義。

駒村那雙不知所措的眼眸依然烙印在她的腦海。

罪惡感充斥在胸口。

在那瞬間之前，那個滿腦子只有「希望你多看看我，希望你喜歡我」的自己讓陽葵自覺還很幼稚，也令她感到羞恥。

所以陽葵下定決心。

至少在離開這裡之前，要將這份心情深藏在心中。

這樣應該還在容許範圍內。

此外，開始在這裡生活才首次注意到的，還有另一件事。

當陽葵像這樣畫畫時，駒村和奏音從不責難，而是予以聲援——

陽葵發現自己發自內心對父母期望的就是這樣的態度。

「…………」

父母的身影浮現在腦海。

他們看到陽葵畫畫時，責備她「不要再做這種沒意義的事了」的身影。
自從離家之後，每次想起父母，首先浮現的都是這樣的場面。
『因為妳是爸爸和媽媽的孩子。』
『因為我們對妳抱持很高的期許。』
「…………」
不知聽過多少次的話語，對陽葵而言除了是詛咒，沒有其他意義。
但陽葵並非討厭「那些」。
她也明白父母對她的珍惜。
但是陽葵對畫畫的愛已經超越了那些。
偶然在網路這片汪洋發現的業餘作家作品讓她萬分感動。
同時也讓她強烈萌生了「自己也想畫」的念頭。
但是——
陽葵凝視著自己的手掌。
村雲擅自闖進這個家的時候，為了保護奏音而不假思索地行動——唯獨在那時候，她感謝父母過去的「那些教育」。
「……那兩個人……還沒回來啊。」

她再度看向時鐘，已經迫不及待看到兩人回來。

陽葵懷抱著這樣的心情，又檢查了一次畫作有沒有缺漏，將漫畫投稿到一直開著的社群網站。

確定投稿完成的訊息出現後，陽葵關掉網站。

「呼～～好累喔……這種東西能畫好幾張的漫畫家真的好厲害……」

就在她高舉雙臂伸懶腰的時候——

聽見玄關大門傳來開鎖的聲音，陽葵連忙起身。

「陽葵，我們回來了～～！」

「晚餐也買回來了。」

見到兩人手提著購物袋的身影，陽葵安心地鬆了口氣。

「駒村先生，小奏，歡迎回來！」

能像這樣笑著互道「我回來了」、「歡迎回來」的關係令陽葵欣喜——

但是，現況是無法從自己的父母那邊得到。

雖然下定決心要再次面對父母，不安依舊籠罩心頭。

感覺到外界的氣味乘著風自玄關吹進室內，陽葵心中隱隱作痛。

在「擬人化貓咪咖啡廳・毛茸茸」，今天同樣朝氣蓬勃。

「路上小心，喵！」

陽葵站在店門口，面露笑容送客人離開。

因為現在正值平日下午，這位顧客離開後店內就空無一人了。

從店門口放眼觀察，今天大概是因為天氣不好，行人也比較少。

陽葵開始清理餐桌，一舉一動看起來已經十分熟稔。

自從高塔向她告白，不知算不算幸運，她的打工時段都集中在上午。

因為高塔是大學生，排班主要都在晚上。

多虧如此，陽葵自從那一天後尚未與高塔碰到面。

雖然這麼說，陽葵一直膽戰心驚，擔心其他打工的同事會知道他向陽葵告白這件事，特別不想讓惠蘇口知道——

陽葵擦過桌子，在流理台清洗桌巾，同時這麼想著。

與其專情於看來沒有指望、在立場上也有困難的駒村，是不是乾脆和年齡相近的高塔交往比較好？

（但是，我來這裡只是為了賺錢，又不是來談戀愛——）

她先這麼想，但立刻就察覺這道理對駒村也相同。

她並不是為了談戀愛才離家出走——

（我現在待在這裡的理由……）

明確至極的理由。

先前她才對駒村和奏音宣言。

只要存到足夠的錢，就會試著面對自己的父母，也決定了待在這裡的期限。

不過，她也無法對從心底自然湧現的感情視而不見。

陽葵像是為了不去注意揪緊的胸口，使勁扭乾桌巾，環顧店內。

好不容易才熟悉這份打工，現在卻開始考慮何時要辭職，讓她覺得有些罪惡感。

「小葵。」

打工時段結束，陽葵打算回休息室時，低沉的嗓音叫住了她。

「是——啊，店長。」

轉頭一看，店長中臣正笑盈盈地對她招手，示意她靠近。

初次見面時店長的外表與嗓音之間的落差讓她嚇了一大跳，現在也還不習慣。

順帶一提，其他打工同伴曾經告訴陽葵，中臣是相當喜歡玩角色扮演的御宅族。

這間「擬人化貓咪咖啡廳．毛茸茸」似乎也徹底灌注了她（？）的興趣。

陽葵回憶其他打工同伴說的話，順從地站在中臣面前。

「來，小葵，辛苦妳了。」

中臣從拿在手中的資料夾內取出褐色信封，遞給陽葵。

陽葵立刻就明白了那是什麼，睜大眼睛凝視著中臣——

「啊……對喔，今天是——真、真的很謝謝您！」

陽葵小心翼翼地握住信封，深深低頭行禮。

「因為一開始就聽小葵說不要轉帳，想直接拿現金，我也努力幫妳裝了一個信封喔。話說回來，呵呵，小葵真的反應都好純真，很可愛呢。」

中臣舉起手貼著臉頰，欣然笑道。

沒有打工經驗的陽葵會被選上，原因之一就在於中臣相當中意她吧。這一點陽葵也隱隱約約明白。

「謝、謝謝誇獎。」

「要珍惜著用喔，第一次拿到的薪、水☆」

「好……好的……」

中臣偶爾會用這種口吻對她搭話，但她仍然不曉得該用什麼態度反應。

「嗯嗯～～？怎麼啦～～？剛才在客人面前的精神跑去哪了～～？」

「對、對不起！我會珍惜著用的！」

「嗯，很好。年輕人就該有朝氣。」

大概是對陽葵的回應心滿意足，中臣拋出謎樣的媚眼，轉身離去。

雖然個性強烈，不過是個好人這點不會變。

陽葵再度仔細打量信封，回到休息室。

不是零用錢，也不是壓歲錢。

有生以來第一次自己賺到的錢。

陽葵開始打工後明白了賺錢的辛苦，由衷認為這是件好事。

雖然駒村從來不曾表現在臉上，但是他之前為陽葵買了不少用品，現在陽葵也理解了那有多麼辛苦。

同時，父母的臉龐也浮現腦海——

「…………」

陽葵握緊了裝著鈔票的信封，揪緊的眉間出現幾道皺紋。

※ ※ ※

傍晚。

心情莫名地好的磯部邀我去喝酒，我拒絕後立刻離開公司——

緊接著又停下腳步。

「友梨……」

就在綠籬旁邊，那一天之後毫無接觸的友梨在等我。

我頓時不知所措。因為我還沒下定決心，不知該怎麼回答她。

然而——

「和輝，對不起。」

「——咦？」

在我開口之前，友梨突然深深低下頭。

真的太突然了，我的思考來不及理解現況。

「呃……那個……？」

「那個，上次那件事……」

上次那件事——指的就是那次告白吧？

但是，為此突然道歉又是什麼意思？

該不會是「還是算了」的意思吧？我明明被告白了，這下要被甩了嗎？

友梨對著腦袋充滿問號的我，垂下視線繼續說：

「我沒有考慮到你當下的狀況就說出口……你還要照顧奏音跟陽葵，應該沒有心力想到我吧。回到家我才注意到這件事……所以，對不起。」

「啊，嗯………」

確實如友梨所說，目前我光是顧那兩人就竭盡心力了。

打從友梨對我告白之前——就連平常工作時，思緒都會不由得飄向奏音和陽葵。

現在我忙著照顧她們兩人，沒有多餘的心力想其他事也是事實。

「所以……上次我說的那些話，還是當作沒說過——」

「這我辦不到。」

「——咦？」

我這麼回答，這次輪到友梨睜圓眼睛。

我確實因為友梨的告白而震驚、不知所措，而且為了回答傷透腦筋。

儘管如此——

「我不能當作沒發生。不，我不會這麼做。友梨妳究竟拿出了多大的勇氣才對我開口……唯獨這一點我敢說我知道。畢竟……我們從小就認識。」

打從相識已經過了約二十年。

從她的個性和行動模式來看，我知道「告白」這件事對她絕對非同小可。光是說出「喜歡」這個字眼，我們之間的關係就有可能為之劇變。懷抱著這般恐懼，友梨還是選擇對我告白。

「所以，妳可以等我回覆嗎？雖然可能會花上很長一段時間。」

「和輝……」

友梨眼角浮現淚光，對我微笑。

「你這招有點奸詐……太奸詐了。你這樣回答我，我只會更喜歡你嘛。」

「唔……呃……」

「呵呵，開玩笑而已。不過，嗯，我明白了，我會等那兩人的問題解決。不管最後你給我什麼回答——我都願意等。」

友梨如此說完，對我輕輕揮手，轉身離去。

我靜靜佇立在原地一會兒，凝視著友梨的背影。

「駒村先生。」

我按下公寓的電梯按鈕，呆站著等候時，再熟悉不過的聲音叫住我。

轉頭一看，陽葵正小跑步朝我過來。看來她剛好打工下班。

陽葵的笑容感覺比平常燦爛。

「怎麼了？有什麼開心的事嗎？」

「呵呵。這個等一下再說。」

陽葵如此說道，走向公寓邊緣處的樓梯。

為了盡可能避免撞見其他住戶，陽葵一直以來都走樓梯。

剛才她會向我搭話，也是因為周圍沒有其他人吧。

平常我對遲遲不來一樓的電梯總會有些煩躁，不過今天正好能錯開我和陽葵到家的時間，讓我不會介意。

「我回來了。」

「歡迎回來。」

「你回來啦～」

打開玄關大門時，兩人的聲音同時響起。

奏音站在廚房切洋蔥。至於陽葵，她正在翻找包包。

不久後——

「駒村先生，剛才說的就是這個。給你！」

陽葵如此說著，把一個褐色信封遞給我。

我接過信封後立刻確認內容物。裡面裝著三張萬圓鈔票。

「這是……」

「今天是發薪日。過去吃飯和衣服等等的費用——終於能夠給你了。」

陽葵面露燦爛的笑容如此答道。

原來如此，今天是發薪日啊……

我想起陽葵說「要找打工」的那一天。

起初我也相當不安，現在終於順利來到發薪日，讓我放心了。

況且這次打工的體驗對陽葵日後的人生想必會有所助益吧……在我這麼想的時候。

「既然妳這樣說，我明白了。我就收下吧，但不用全拿。」

「咦？」

我只從信封抽出一張一萬圓，其餘的還給陽葵。

「咦？那個……」

「有這些就夠了，算是餐費。」

「可是，就算只算吃飯也要更多，還有衣服之類的……」

「那個，就算我請客吧。」

陽葵面露納悶的表情。

對我來說，她願意出錢確實對我的幫助不小。

過去我把獎金的五到七成都存到儲蓄專用的戶頭，金錢方面其實還算充裕——

不過，這陣子可能有需要從那個戶頭領錢出來了。

撇開獨自生活時不談，消費金額和與弟弟一起生活時相比確實變多了……

果然「三個年輕人一起生活」對家庭開支的壓迫相當嚴重啊。

話雖如此，這樣的生活也不會永遠持續下去——我對此還算樂觀，目前還沒有太強的危機感。

所以我原本就決定不收餐費之外的錢。

這是我對陽葵的未來擅自投注的投資，雖然真的只是自我滿足的投資。

「這樣不行。我是——」

「好啦好啦。既然和哥都這樣說了，妳就自己留著用嘛。」

我有預感我和陽葵的意見不會有交集，但出乎意料地出現了和事佬。

「小奏……」

「妳要存到錢之後和爸媽見面吧？既然這樣，多存一點也比較好嘛。」

「奏音說的對。辛苦賺到的打工錢就用在自己身上吧。」

「……」

陽葵好一段時間面露為難的表情，最後終於——

「我明白了……真的很謝謝你。」

對我低下頭，姿勢端正地行禮。

「啊，對了，這個送給小奏。」

「咦？」

陽葵從背包裡拿出包裝精美的小袋子，遞給奏音。

奏音立刻打開袋子，裡頭裝著柔軟毛球鑰匙圈。

「哇，好可愛。謝謝妳，陽葵。可是為什麼要給我這個？」

「我本來就決定拿到薪水後也要好好謝謝小奏，不過給錢又有點那個……所以我選了這個東西。」

「這樣啊。其實妳用不著特別費心啦。」

「不可以這樣。小奏，謝謝妳每天都為我做好吃的飯。」

「呃，那個，嗯……我才該向妳道謝。」

大概是陽葵直率的道謝讓她害羞了，她的視線朝斜上方逃離，如此回答。

「話說，為什麼選這個？」

「呵呵。其實，那個是用我們店裡的點數能兌換的獎品『貓的毛球』喔。我拜託店長賣給我一個。」

「哦～～……」

「不只軟綿綿，還有彈力，捏起來很有彈性，會讓人不由得想摸喔。」

「這個真的會讓人捏個不停耶……」

揉揉捏捏——奏音專心地開始揉捏毛球。

「而且我也有一個喔。」

陽葵秀出自己的背包。

上頭掛著顏色不同的毛球。奏音看了，愉快地嘻嘻笑。

「唔……可以讓我也摸摸看嗎？」

見到她幸福地揉捏的樣子，再加上毛球柔軟變形的模樣稍微吸引了我。

「好啊，當然可以。」

得到許可後，我立刻伸手觸摸掛在陽葵背包上的毛球。

這感覺——彈力確實相當適中。

而且柔軟的毛尖輕柔地撫過指間——

我這下也明白了奏音會說「讓人捏個不停」的理由，就連我都有點想要了。

唉，但是如果我把這個掛在公事包去上班，肯定會被磯部瘋狂吐槽吧……仔細一想，還是算了。

第12話 我弟與女高中生

今天下班回家原本該一如往常。

不過，今天狀況卻不同於以往。

我下班回家時，搭電梯到三樓，走出電梯——然後愣住了。

在我房間前方，金髮男子正想從貓眼反向窺看房內。

不管從哪個角度來看都只是個可疑人物，不過這男人並非可疑分子。

「晄輝……」

我不由得呢喃出他的名字。

下個瞬間，這個人似乎也注意到我的存在，抬起臉看向我。

「嗨，老哥你回來啦。話說，很久沒見了耶！」

面露爽朗笑容對我舉起手的男子，正是不久前與我一同生活的親弟弟。

我先移動到房間前方——

這狀況非常糟糕。非常不妙。

我沒記錯的話，今天陽葵應該沒有排打工……

「你的舉止不要這麼可疑，小心公寓其他住戶報警喔。」

「哎呀～抱歉抱歉。老實說我搞丟了這間公寓的鑰匙，所以我在這裡等你回家。」

…………嗯？

所以，奏音還沒回來嗎？

他為了確認我是否在家，剛才應該已經按過門鈴了。如果奏音在，她應該會應門。不過既然他在外面乾等，就表示奏音還沒回來吧？買東西花了不少時間嗎？

不，這些事暫且先放一旁。

「來之前聯絡一下啊。」

這真的是我發自肺腑的一句話。如果我事先知道他會造訪，就更能做好應對了。

「哎呀～我原本沒打算來的。只是今天工作剛好來到附近，就順便來一趟而已。」

晄輝是自由接案的攝影師。不過他的主要工作似乎不是拍攝人物，而是登上雜誌的店鋪或料理之類比較多。

之前一起住的時候，假日他會跑去拍野鳥和野貓。

「是喔……那我們去吃頓飯吧。」

不管要去哪裡都好，總之得讓晄輝遠離我家。

然後在餐廳的廁所或某處打電話回家，請陽葵躲起來——

別無他法。

「嗯？我不用吃晚餐，回家再吃就好了。話說，我女友應該會幫我準備。」

你這現充！我頓時在心中叫道。

說什麼回到家就有女友親手做的料理在等候，真教人羨慕——……

等等，我目前狀況好像也類似吧？雖然完全不是女友。

重點是，我的計畫馬上就瓦解了。這下子——該怎麼辦？

「話說，老爸跟我說過了，奏音現在住你這裡？」

「是啊。」

「是喔～～好像很久沒見到她了啊。現在感覺怎樣？」

「感覺怎樣……就像個女高中生的感覺。」

「什麼跟什麼！老哥的語彙能力太爛了吧！」

晄輝笑了一會兒，視線不時飄向我的公事包。

意思大概是要我快點開門吧。

……這下真的不妙。在這狀況下還堅持不進家門未免太反常了。

話雖如此，如果真的就這樣走進家裡，毫無疑問會撞見陽葵。

我盡可能用緩慢的動作把手伸進公事包，雖然我也知道這時拖延時間沒有意義。

「啊——該不會那個人就是奏音？」

聽見晄輝這句話，我轉頭看向電梯。

手提著兩個購物袋的奏音睜大眼睛直盯著我們。

奏音緩緩靠近我——

「呃……好久不見……晄哥。」

她抬起視線，語帶遲疑地打招呼。

「好久不見～～哎呀，奏音都長這麼大了喔。」

「呃，算是吧。」

奏音的視線飄向我。

雖然眼神只對上短短一瞬間，但我再清楚不過地感受到奏音也覺得「大事不妙」。

在這狀況下，毫無理由離開這裡。

如果是外人，還能用「家裡很亂」這種藉口，但晄輝是自家人。就算真的搬出這種理由，他只需一句「不用這麼在意」就能輕易化解。

事到如今只能硬著頭皮上了——

我先深呼吸一次，終於取出大門鑰匙。

喀嚓。

門鎖打開的聲音聽起來比平常沉重。

我靜靜地推開門，發現家裡燈都沒開。陽葵的鞋子擺在玄關，但房內一片寂靜。

這是——

該不會陽葵注意到玄關前的異狀，躲起來了？

「哦～～已經有種懷念的感覺了。」

晄輝跟在我後面走進室內，並沒有提起陽葵的鞋子。他大概以為那是奏音的吧。

我按下電燈開關，奏音把超商的塑膠袋擺到廚房的桌上。奏音的表情比剛才更僵硬了。

晄輝走向客廳，在電視前面蹲下。

「話說，我買的遊戲有些還擺在這邊嘛。我可以拿走嗎？」

「喔，沒問題啊。」

回想起來，自從奏音她們來到家裡，我就沒碰過家用遊戲機。或者該說，自從開始工作之後就幾乎沒在玩了。

下班回家後完全提不起勁打開遊戲機的電源啊……

我與翻找著遊戲軟體的晄輝拉開一段距離，看向自己的寢室。

沒有看到陽葵的身影。

不過鞋子擺在玄關，就表示她人肯定在某處。

拜託了，晄輝，別發現她，就這樣回去吧……

「啊，對了對了。我的運動服你還留著嗎？我記得運動服也都留在這裡吧？」

「我不記得了……」

我回答時，晄輝打開了衣櫃——

「嗚哇啊啊啊啊啊！」

他尖叫著猛然向後跳開。

看向衣櫃裡的角落，我馬上明白了理由。因為陽葵瑟縮著身子坐在裡面。

我能感覺到自己的臉一瞬間失去血色。

同時陽葵也臉色蒼白，眼眶噙著淚水。

所有人齊聚在客廳，沉默不語。

晄輝的視線把陽葵從頭到腳打量了一番，隨後轉向我。

「老哥…………」

不小心瞧見了非常不妙的東西——我能感覺到他這聲呼喚中充滿了這種心情，令我無言以對。

雖然友梨提出成為「共犯」的提議，但是我沒有把握連晄輝都會有這樣正面的反應。

因為晄輝雖然外表輕佻，個性還滿認真的。

「第一眼看到的時候，我還以為是屍體，心臟差點停了……」

拜託，什麼屍體……儘管心裡這麼想，我也無法反駁。

「不過我走進客廳的時候就覺得有點怪怪的，因為被褥有兩組啊。」

我同樣無法反駁。

我家的衣櫃沒有空間放奏音和陽葵的棉被，因此兩人的棉被總是摺好之後堆在客廳。

「所以奏音也允許吧……」

奏音聽見自己的名字，只是尷尬地垂下頭。

晄輝看著低著頭的奏音，之後又看向我。

「萬一曝光，說不定會被抓喔……」

不是說不定，而是鐵定。不過這種事我本來就知道。

「沒想到老哥居然這麼喜歡小女生……」

………嗯？

「而且馬上就同居……」

嗯嗯……？

「再加上奏音都在家裡，還叫人家住進來，恐怖的程度已經不只是一點點了耶……」

嗯嗯嗯嗯……！

這反應是——？

晄輝八成把陽葵當成我的女友了吧？

不過照常理想，這應該會是頭一個得到的答案。照常識推測，不會想到我收留了一名離家出走的少女吧……

我們三個人迅速互相使了個眼神——然後避免被晄輝發現，對彼此輕輕點頭。

意圖就是——乾脆讓晄輝維持當下的誤會。

堪稱心有靈犀，眾志成城。共同生活超過一個月的成果展現於此。

「哎，既然喜歡上了也沒辦法……這件事我會對爸媽保密……老哥你也要當心點，不要被抓到喔。」

「喔、喔……」

雖然莫名其妙，但是過關了。

……………這樣真的算過關了嗎？

哎，目前就當成這樣吧。

「總之，那個——可以幫我介紹一下嗎？」

我點了頭後，清清嗓子鎮定心情。

「知道了。她叫陽葵，那個，和奏音同年……」

「和奏音同年。」

晄輝睜圓雙眼，之後再度來回掃視我和陽葵。

「呃，其實奏音和陽葵互相認識。該怎麼說……陰錯陽差之下就變成這種狀況……」

「妳們認識喔？咦？奏音不覺得討厭嗎？」

「啊、嗯……其實陽葵住在這裡，我還比較高興。那個，因為我過去從來沒有和男性一起生活過……」

「啊～～的確是這樣～～……原來如此……」

雖然我們的說明模糊不清，晄輝也沒有吐槽跟逼問。也許他也感覺到了不可以追問的氣氛吧。對我來說真是幫大忙了。

「那個，晄哥，我差不多該準備晚餐了——」

「啊，不用做我的份，我等一下就要回去了。」

「是嗎？好吧。」

語畢，奏音走向廚房。

「我、我也去幫忙。」

陽葵說完便跟著離開。她想必如坐針氈，對我來說這樣也比較好。

「呃～～……我來這裡原本是要幹嘛？」

大概是因為這個狀況對晄輝的衝擊力太強，讓他忘了原本的目的。換作是我站在他的立場，大概也會忘記吧。

晄輝搔著頸子對我這麼問道。

晄輝從衣櫃裡取出他的運動服，然後移動到我的寢室，我沒來由地跟過去。

「我說老哥，這該說是好奇還是擔心呢——雖然這問題有點下流，你那個怎麼解決？」

「…………」

一走進房內，他便壓低音量突然投出一記強猛的直球。

這問題我實在無法馬上回答。

「應該沒來真的吧？畢竟奏音也在家。」

「哎……畢竟那樣是犯罪……目前只是單純一起生活而已。」

雖然是說謊，講這種話還是很讓人害羞啊……但是為了自己，只能忍耐。

「是喔。那就好——雖然我也想這麼說，不過坦白講，那樣不會難受嗎？」

「哎，那個…………就到廁所解決……」

「果然只有這招啊……在房間的話，味道馬上會被發現嘛。啊，我給你一個忠告，千萬別在浴室喔。『那個』的性質好像遇到熱水會結塊……我曾經因為那樣害浴室的排水孔堵住，被我女朋友罵到臭頭，而且之後還說什麼『你是不需要我吧！』，不管我怎麼哄也沒用。那次真的很慘……」

晄輝有如自戰場歸來的士兵，望著遠方細數往事。想必真的很慘吧……我確實明白了這一點。

「謝謝你切身的忠告……」

浴室的排水孔，要注意──

晄輝的慘烈經歷深深烙印在我的腦海。

「我該走了，再見啦，老哥。奏音和陽葵也再見。」

我們在玄關目送晄輝離開。

就如同他剛才所說，他並沒有久待。

「啊，對了，老哥。也許你已經知道，媽好像快出院了。」

「我記得是說這個月出院吧。我也會回老家一趟。」

「嗯。那到時候再見吧～～」

於是晄輝擺擺手，走出大門。

我和陽葵正在交往的特大號誤會依舊沒有解開。

這樣確實對我們比較方便，話雖如此，面對我和女高中生正在交往的狀況卻一點也不覺得怪異，我家弟弟究竟是怎麼回事……

難道晄輝一直認為我是會做出這種事的人？如果是這樣，也讓我有點難以釋懷……

大門關上之後，我們幾乎同時長聲嘆息。

「雖然很久沒見了，晄哥還是老樣子啊。」

「是啊……」

「好像演變成大事了……對不起……」

「那傢伙也很少來，不要緊吧。其實，那傢伙離開這個家之後，今天是第一次回來。」

「原來是這樣啊。」

如果是這樣的間隔，下次晄輝來家裡時，陽葵應該已經不在了。

所以這應該不會構成大問題吧。此外，之後再傳訊息要他「下次要來先說一聲」。

「話說回來，不管外表或是個性，駒村先生都和弟弟相反呢。」

「就是說啊～～和哥也像晄哥那樣多打扮一下就好了，比方說換隱形眼鏡。」

「我討厭把手指伸到眼睛裡，要弄髮型也很麻煩，現在這樣就好了。」

更重要的是，我不擅長像晄輝那樣對人表現得開朗有朝氣。
話雖如此，我並不討厭他，反倒是一直都很處得來。
但我卻對這樣的晄輝撒謊，這有如一根刺扎在我心中。

第13話 園遊會與女高中生

在六月將盡的某天夜裡。

陽葵洗澡時，奏音輕喚著「和哥……」靠向我。

原本一面喝發泡酒一面看電視的我也放下酒罐。

「怎麼了？」

「其實我有件事想拜託你……下次假日，可以陪我一起去陽葵打工的地方嗎……」

「…………啥？」

我之所以無法立刻理解奏音說的話，大概不是酒精作祟。

「妳的意思是，去當客人？」

「嗯……」

「但是奏音妳上次講過吧？去看在打工的陽葵會給她造成麻煩。」

我記得很清楚，那時我因為擔心而提議去看陽葵的打工狀況時，奏音用這個理由強烈阻止我。

「這個嘛～～該說是狀況不一樣了吧……」

奏音搔著頭挪開視線。

「什麼狀況？」

「我不是說過我們班在園遊會要辦角色扮演咖啡廳嗎？所以我想說應該能當作參考。其實班上正在討論『想再增加一道菜色』，但是一直決定不了——」

「高中生的園遊會能應付過去就好了吧？像是買冷凍食品來加熱之類。」

用不著太講究，稍微得過且過也沒問題。我想高中生的園遊會就像這樣吧。

「我也是這樣想，不過也有人覺得既然收了錢就該做到好，所以有點麻煩啊～～……」

「原來是這樣……」

確實這種事在班上要意見統一想必很難吧。

特別是想認真辦活動的人和只想交差了事的人同時在場就更是如此。

——我這麼想著，憶起已然遠去的青春時光。

「所以奏音是想認真辦的那一邊？」

「哎……既然和哥跟陽葵要來，當然也想拿出像樣的成果嘛。」

大概是有點害羞，奏音撇開臉如此說道。

奏音的心意讓我滿開心。

同時那份早已從我心中消失的純真看起來有些耀眼。

「所以我想實際去女僕咖啡廳一趟，也許能得到靈感。不過我是第一次去那種地方，有點怕……想要你陪我一起去。」

「是這個理由的話，可以啊。不過也用不著特地選陽葵打工的那間店吧？」

「這個嘛，該說是想看看陽葵穿女僕裝的好奇心使然吧？老實說就是想看啊。難道和哥不想看？」

「如果要問想不想，算是想吧……」

當然沒有非分之想，純粹是好奇。

而且因為之前陪陽葵練習接待客人，我確實也有點好奇在那之後問題是否解決了。

「很好，那就明天和哥下班後馬上去吧。正好陽葵明天好像排晚班。」

於是我和奏音就這麼決定要對陽葵保密，突襲造訪女僕咖啡廳。

結束工作時，我看著手錶並且急著收拾隨身物品。

今天沒辦法輕輕鬆鬆準時下班。

去其他部門調查收據的問題出乎意料地費時，現在已經稍微超過下班時間。

奏音正在等我，動作得快一點。

「駒村你看起來很急喔，該不會今天約你也會被拒絕？」
「喔。正好有點事，不好意思。」
「哦～看你這麼趕，該不會是要約會？」
「都講幾次了，不是啦。」
和女高中生兩個人一起出遊，看在旁人眼裡也許像約會吧……
不過奏音只是我表妹，今天也只是陪她一起去而已。
「哎，下次你有空的時候陪我一下吧。有些事想找你聊聊啦～……」
「……我知道了。」
我簡單回答後快步走出公司。
不過磯部像這樣情緒消沉地來約我，實在滿稀奇的。
氣氛和平常那種茶餘飯後的戀愛諮詢截然不同。原來那傢伙也有一般人會有的煩惱啊。
我這麼想著，前往和奏音約定碰頭的車站。
奏音已經在車站前等候，坐在行道樹前方的紅磚上，百般無聊地發呆。
雖然我走出公司後馬上就聯絡她了，還是對她感到抱歉。
「抱歉，晚了一點。」

「啊，沒關係，其實也沒差。工作辛苦了。」

「謝謝妳。那我們走吧。」

我快步走在奏音前方。

前些日子奏音對我說的話閃過腦海，讓我無法與她並肩而行。

拜託，不要胡思亂想啊。她也許只是可憐我不會做菜才會那樣說。

所以不要胡思亂想什麼聽起來好像求婚。

冷靜下來，她還只是個高中生。

「和哥，不是那邊，這邊要左轉喔。」

「喔……？」

奏音從背後叫住我，我連忙轉身。

奏音來回看著我和智慧型手機，指著另一個方向說「這邊」。

陽葵之前寫履歷表時，我就問過她店的地址，明明一邊對照手機地圖一邊前進啊——

看來是我在想事情的時候不小心走過轉角了。

我連忙轉頭。

「和哥該不會是路痴？」

「沒這回事，只是剛才有點在發呆。」

「哦～～……？」

奏音得意地笑著，好像別有深意，但我真的不是路痴。

…………大概吧。

「啊，好像就是這裡喔。」

一轉過彎，奏音立刻停下腳步，指向眼前的建築。

灰色的六樓建築。

通往電梯門的狹窄入口旁邊貼了塊告示牌，上面有店鋪名稱一覽表。

但我們也不需要確認店鋪名稱一覽表，陽葵的打工地點就在眼前——位於一樓。

這間店就像雅致的咖啡廳有一片玻璃外牆，從外頭也能清楚看見店內狀況。

店內的牆面掛著許多粉紅色、橘色的心型跟星型等可愛的裝飾。

在店內四處走動的女僕身穿以黑色為主的可愛女僕裝，還戴著貓耳與貓尾。

從這個角度看不到陽葵的身影，現在大概在內場吧。

目睹這獨特的氣氛，我和陽葵不禁互看一眼。

「總之……先進去吧？」

「呃，嗯。」

我下定決心，推開沉重的玻璃門。

「「「歡迎回來喵！」」」

走進店內的瞬間，女僕們異口同聲對我和奏音說道。

因為我曾經陪陽葵練習接待客人，知道店裡的台詞。但是實際受到這種超熱烈的歡迎，還是滿讓人害臊……

「請坐這邊的座位喵。」

站在入口處附近的大姊姊女僕立刻帶我們上座。

我們被帶到潔淨的白色餐桌座位，因為不知道這裡的習慣，乖得像從別人家借來的貓，全面聽從店員的指示。

話雖如此，奏音一坐下，立刻好奇地左顧右盼，開始觀察店內。

「陽葵在哪裡啊？」

就在她呢喃之後。

「我、我、我為主人端水來了……喵。」

異樣顫抖的話語，伴隨著非常耳熟的嗓音。

抬頭一看，和其他女僕同樣戴著貓耳與貓尾巴的陽葵端著托盤走向我們，托盤上擺著水和濕紙巾。

別在胸前的名牌用可愛的圓潤字體寫著「栗子」。

這還是我第一次近距離看到這種女僕裝，真的滿可愛的。

那是叫作裙撐嗎？偏短的裙子底下能看見好幾層白色蕾絲。

再加上那雙白絲襪，醞釀出一股濃烈的「角色扮演」氛圍，不過氛圍本身也很可愛。

——我不禁定睛打量了一番，陽葵的臉紅得像煮熟的章魚。

「好可愛～～……」

奏音呆愣地如此讚嘆。陽葵更是縮起肩膀，小聲回答：「謝、謝謝誇獎……」

隨後她一面顫抖一面把水和濕紙巾擺到桌上。

「為、為什麼會跑來……？」

為避免其他同事聽見，陽葵壓低音量對我們問道。

「那個，我不是說過園遊會要辦女僕咖啡廳嗎？我想說當作參考。」

「是、是這樣啊……」

陽葵回應的同時有如剛誕生的小鹿般顫抖不已。

顫抖的模樣已經讓我覺得有點可憐了。

「那個……我們彼此認識這件事，對店裡其他人，那個——」

「別擔心，我們會當普通的客人。」

陽葵聽了終於露出安心的表情，將菜單放到桌上。

「那就拜託了。咳咳，那我們正式來過——請問兩位客人是第一次來店嗎……喵？」

啊，她果然還是不習慣在最後加上「喵」。

「是的。」

「嗯。」

我和奏音回答後，陽葵面露燦爛笑容。

「那麼接下來由我為兩位說明本店的方案。順帶一提，我的名字是『栗子』，請多多指教喵！」

哦，這感覺——

看來她已經切換到待客模式了。

全心投入扮演貓女僕的陽葵開始說明，我和奏音則專心聽她說。

我們聽陽葵大致說明了菜單後，認真煩惱著要怎麼點。

之所以煩惱，是因為菜單的價位都比想像中高。

考慮到其中包含女僕的服務費，這價位也很正常吧……雖然我這麼認為，今天原本沒有預定花這麼多錢，老實說有點難受。

這時我和坐在對面的奏音四目相對。

奏音想法似乎和我相同，臉上寫滿了「該點什麼才好……」的遲疑。

「想吃就點，沒關係。」

這種時候忍不住強撐面子，就是成年男性面對女高中生時不禁顯露的可悲本性啊。也許只有我吧。

「不過……真的可以嗎？」

「真的沒關係，妳不用介意。」

「是喔？那就選這個能和女僕一起拍照的套餐。」

奏音指的套餐包含蛋包飯、生菜沙拉和飲料，特別用紅字標上了：「推薦！」

不用猜也知道，她想和陽葵一起拍照吧。

我默默看了價格。

……很好。我只點飲料就好了，晚餐回家吃泡麵吧。

雖然剛才對奏音那樣說，能節省的地方就該省下來啊……

儘管我和奏音那麼擔心，工作時的陽葵看起來相當可靠。

在接待其他客人時的確表現得貓模貓樣（？）。

奏音不時偷瞄工作中的陽葵，同時品味著蛋包飯。

「啊，這個好吃耶。是店裡自己做的吧？不像冷凍食品。」

她如此小聲評價，大概出自長年來做料理的經驗。

我用彎曲成貓咪模樣的可愛吸管埋頭只顧啜飲薑汁汽水時——

喀嚓一聲，手機鏡頭的快門音效敲在鼓膜上。

我察覺時，奏音正拿著智慧型手機，露出滿臉賊笑。

等等，妳剛才明明還在吃蛋包飯，拿出智慧型手機的速度未免太快了吧。

「板著臉的和哥跟那根可愛的貓型吸管真的有夠不搭調，好好笑。」

「少管我……」

我自己也曉得看起來很不相襯。

但真要這樣說，店內所有男性應該都不搭調吧。

哎……這部分還是少提起為妙。

畢竟本來就是為了體驗不同於日常的空間而來。

我仔細打量日後的人生恐怕不會再用到的貓型吸管，喝光剩餘的薑汁汽水。

我們離開女僕咖啡廳後，走在天色已經全黑的夜晚街道上。

「話說，有得到靈感了嗎？」

「嗯，很有幫助。這種事還是要實地走一趟才知道嘛～～謝謝你。」

「那就太好了。」

「……話說回來，陽葵真的好可愛。」

奏音看著和陽葵合拍的照片，呢喃說道。

照片上用水藍色簽字筆寫著：「謝謝♡」

奏音看起來有幾分寂寞。也許是因為陽葵太有人氣，其他客人的指名接連不斷，幾乎沒有空檔靠近我們這桌。

「是啊。」

「而且認真工作的模樣和家裡的她簡直判若兩人耶。」

認真工作的陽葵不同於平常有些傻氣的她，看起來充滿自信。

坦白說，我有些刮目相看。

「我是不是也找個打工比較好……」

「妳想要的話，我不會阻止——但如果理由是『在金錢方面對我過意不去』，就打消這個念頭。」

奏音睜圓了眼注視著我。

看來被我猜中了。

「不用擔心錢的問題。」

我還是不希望她介意這些。

我為她提供了充分的生活環境──我對此無法點頭是事實，但也不認為她有必要為此勞動以補足匱乏。

況且她光是幫忙採買和料理，對我就已經幫上大忙了。

「嗯……我懂了。」

奏音用無法判讀感情的語氣回答，在路口停下腳步。我則站到她身旁。

這樣站到旁邊一看，立刻就明白奏音還滿嬌小的。

雖然身材嬌小，卻遠比我可靠啊──

「啊，和哥你看。」

「嗯？」

她這次叫我的語調和剛才完全不同。

奏音指向樹葉茂密的行道樹某處。

有個白色絲線纏繞、形狀細長的物體黏在行道樹的樹枝上。

「哦，這個是……蝶蛹吧？」

「應該是吧？我好像是第一次見到。原來在這種地方也有喔～～眼前就是道路耶。」

「說的也是，竟然能活下來。」

「要變成蝴蝶也很不容易啊。」

雖然路旁有一棵棵行道樹，從人類角度來看也知道，蝴蝶要在這一帶的環境生存未免太過艱難。

儘管如此，這小傢伙還是活到這一天了。

這時燈號改變，我們順著人流邁開步伐。

突然間，貼在陽葵指甲上的蝴蝶圖樣浮現腦海。

對喔……

不需要我擅自抱持期待，陽葵她一定——

「和哥，你怎麼了？」

奏音回過頭看向步伐變慢的我。

「沒有，沒什麼。抱歉。」

「是喔？沒事就好。我還以為你會說想把剛才的蛹帶回家觀察，真不知該怎麼辦。」

「我不會做那種小學生才會做的事啦！」

而且我變成大人之後，不知為何對各種昆蟲都很受不了。

真不敢相信，我國小時還曾經空手抓蟬和螳螂。在這方面感覺到自己變成「大人」了。

「駒村先生，門票帶了嗎？」

「帶了，沒問題。」

「導覽呢？」

「…………我忘了。」

「真是的，這樣不行啦。沒有那張紙就不知道哪間教室辦什麼活動了。你擺在哪裡？我去拿。」

「一直放在客廳桌上。抱歉。」

陽葵小跑步從玄關到客廳。我望著她的背影，覺得有些消沉。

被年紀小的女生這樣訓話，精神打擊比想像中大很多……

為了振奮精神，我往上伸直雙臂伸了個懶腰。

今天，也就是奏音學校的園遊會終於來臨了。

和陽葵搭同一班電車前往奏音的學校。

我們一大早就出門，但是一走進校門就看見已經有不少人在排隊等候。

雖然不是我自己的母校，然而我已經很久沒涉足名為「學校」的空間，頓時有種懷念的心情湧現。

「好熱鬧……已經有很多人了耶。」

能拿到門票的應該只有學生的親人或熟人，不過人數還是相當多。

我和陽葵在驚訝之中排到隊伍的最後方。

就在這時，節奏輕快的「叮咚噹～～」一聲響宣告校內廣播即將開始播放。

『非常感謝各位來賓本日蒞臨花高祭。接下來馬上就要開始入場，希望各位度過愉快的一天。』

廣播特有的緩慢又有禮貌的女生聲音，同時又帶點照稿唸的生硬感覺。廣播結束後，剛才乖乖排隊的人群頓時騷聲四起。

在隊伍前方擔任驗票員的學生們似乎也開始檢查門票。

我將收在包包中的水藍色門票遞給陽葵。

「我還是第一次來逛其他學校的園遊會，好期待喔！」

陽葵注視著那張門票，雀躍地說道。

其實我也是第一次。

哎，畢竟是高中生的園遊會嘛，就悠哉地逛吧。

驗票員的人數很多，隊伍流暢地向前進。

我們很快就讓驗票員撕下門票一角，暫且先順著人流而行——

「哇……！好棒喔！」

首先衝進視野的是擺設在鞋櫃前方的巨大馬賽克拼貼畫。

左右兩側畫了寫實風格的貓與狗，正中央有紅色的「歡迎光臨」文字。

角落則用手寫文字標明「學生會製作」。

上頭使用的照片看起來都是這所學校的學生，數量相當龐大。

靠近看只是無數張照片排列在一起，但是遠遠看上去就像一幅完整的圖畫，真是不可思議。

「小奏也在這裡頭嗎？」

「妳該不會想找吧？會找到天黑喔。」

「唔……說的也是……總之先拍照吧！拍照！」

在陽葵的催促下，我從口袋取出智慧型手機。

大家的想法似乎都相同，除了我之外也有許多人對馬賽克拼貼畫舉起智慧型手機。

拍完照片後，我低下頭仔細端詳陽葵拿在手中的導覽。

一進來就被高水準的展覽品嚇到，不過這裡還只是入口處。

況且今天最大的目標是奏音班上的角色扮演咖啡廳。

「陽葵，奏音她的班級在哪裡？」

「嗯～～我記得小奏說她是4班——有了，是這裡！在北棟三樓喔。」

導覽上也記載了校舍的地圖。

陽葵指著上面的「2－4」教室。

「好，那就馬上出發吧。」

「好的！呵呵……小奏角色扮演的模樣，我好期待喔……」

陽葵面露不懷好意的笑容，眼眸瞬間放射銳利光芒，那是不是我看錯了……

總之，我們立刻前往奏音的教室。

多虧有地圖，我們沒有迷路就順利抵達目的地「2－4」的教室。

由衷感謝陽葵在玄關大門前提醒我有沒有帶這張紙。

要是沒有這張導覽，想必會白白耗費時間吧。

這先放一旁——

「竟然已經要排隊了……」

陽葵有些不甘心地呢喃。

我們應該算很早到，但就如陽葵所說，教室外頭已經出現等候入店的隊伍。

話雖如此，還是能從敞開的窗口窺見內部情況。

穿著多種裝扮的高中生為了接待客人，四處走動。

有些學生穿著常見的女僕裝，也有人穿戴著魔女般的偌大黑帽和黑披風。

穿著白褲襪的王子；體格壯碩的男學生打扮成粉紅色的魔法少女；戴著馬面具又打赤膊的傢伙；甚至有長著觸角的銀色套裝外星人。角色扮演的種類可說相當渾沌。

「讓你久等了，柳橙汁來嘍☆」

「這位美麗的小姐，這是您點的蘋果磅蛋糕。」

「檸檬茶來了喲～～！」

大概是因為口吻也配合角色，每個人都不同，教室內的氣氛有如黑暗火鍋狀態。

不過這樣也滿有趣的。顧客人人臉上都掛著笑容。

「妳看，那個女生的裝扮是不是超可愛？」

「哇，真的耶。不過那個女生本身就很可愛了。」

「也對。」

排在前方的女高中生對話自然傳入耳中，不過順著她們的視線看過去，她們說的居然就是奏音。

奏音穿著一襲短裙婚紗般的連身裙，頭上也披著白紗。

「…………駒村先生，請拍照。」

陽葵低聲發出鎮定但急促的指示。

她凝視著奏音的眼神非常嚴肅，帶著異樣的魄力，有點恐怖。

我按照陽葵的要求，對奏音舉起智慧型手機。

奏音正忙著接待客人，似乎沒有注意到我們的存在。

「這真是太棒了……都快流口水了……」

「啥？」

陽葵正色說出莫名其妙的話。

我果然有點無法理解陽葵的感性啊……

等了五分鐘左右，輪到我們走進教室。

等候時，陽葵一直看著奏音，屢次對我要求：「駒村先生，回家之後要把剛才拍的照片再給我看一次喔。」

走進教室的瞬間，奏音看見我們，輕聲驚呼並睜大眼睛。

我聽見目睹她那模樣的同班女同學小聲對她說：「妳去啊。」

順帶一提，那個女生打扮成妖精的模樣。

印象中好像在幼稚園的園遊會見過，不過高中生穿起來也有不同的可愛啊……

我們被帶到座位時，奏音來到我們的桌旁。

「謝謝你們兩個都來了。話說，來得也太早了。」

「呵呵呵，一大早就跑來了。小奏，這套連身裙很可愛喔！」

「謝、謝謝……有個女生的興趣就是做角色扮演的服裝。大部分的服裝都是她為大家做的，不過沒想到居然是我要穿……」

奏音捏著連身裙和頭紗的下緣，忸忸怩怩。

「害羞的奏音看起來很新鮮，非常讚喔……」

「妳、妳在說什麼啦！」

奏音驚叫，但上次去女僕咖啡廳時，她的反應也差不多就是了……

不過，現在就不吐槽了。

「然後呢？要點什麼？」

奏音像要掩飾害臊，粗魯地指向擺在桌上，護貝過的菜單。

好像可以選一種甜點和一種飲料。

「我要蘋果汁和小鬆餅！」

「我要冰咖啡和戚風蛋糕。」

「好，了解～～稍等一下喔。蛋糕類是烹飪社團做的，但很好吃喔。我也試吃過了。」

奏音轉身使得白頭紗擺盪，走向教室的角落。

角落擺著冰桶，裡頭大概裝了飲料。此外還有許多蛋糕類甜點，蛋糕都包上了保鮮膜。

不久，奏音帶著我們點的飲料和蛋糕回來。

「久等了～～」

「謝謝妳，小奏。」

「其實菜單上原本沒有這道小鬆餅喔。」

「咦？是這樣喔？」

「嗯。陽葵店裡不是有鬆餅當甜點嗎？我只是隨口提一下，突然就被採用了。因為那和磅蛋糕之類不一樣，要是快賣完了也能到家政教室緊急製作。」

「是喔～～……呵呵，有幫上忙真是太好了。」

我沒有仔細看過陽葵店裡的菜單，甚至沒有注意到鬆餅……

話雖如此，那次視察確實有了成效啊。

雖然並非我的功勞，還是有點開心。

「我們是輪班制，之後也能四處逛，不過我已經約好跟朋友一起玩了……啊，應該還是

可以一起逛一下。」

「休息時間什麼時候開始？」

「十一點開始。」

「那到那個時間就會合吧！」

「我知道了，在那之前你們兩個去逛吧。不只有展覽和攤子，好像也有舞台表演喔。」

「嗯。我會到處看看的！」

我看著互相微笑的兩人，咀嚼著尺寸偏小的戚風蛋糕。

嗯……

口感輕柔且甜度適中。這是主打成人客群的味道啊。

我腦中的甜點鑑定師舉起了合格的圓圈標誌。

我們吃完蛋糕後走出奏音的教室，再度盯著那張導覽。

上面不只有校內地圖，還有在體育館的舞台辦的短劇和歌唱、舞蹈等節目的時程表。

「接下來要去哪邊？」

「嗯～～……先逛吃的吧？之後再逛可能會賣完。」

「說得也是。與其吃不到才後悔，我比較想因為吃太飽而後悔。那麼我們就前往小吃攤集中的中庭吧！」

我立刻邁開步伐，陽葵的腳步格外輕盈。

我也感受到她雀躍的心情，嘴角不由得上揚。

「話說回來，小奏剛才的打扮真的很可愛呢……」

「是很可愛沒錯。」

「我有一天也穿上婚紗——」

話說到一半，陽葵猛然甩手說：「啊，沒、沒事！」

唉，我也不知該作何反應，感謝她收回這句話。

「聽到排在我們前面的女生稱讚小奏，我也與有榮焉呢。『看到沒有！我們家小奏很可愛唄？哼哼。』有這種感覺。」

為什麼突然變關西腔？話說這完全是對自家人的心境嘛……

呃，確實也算得上自家人吧。

不過，說得也是……

雖然我們的同居生活並不正常，回顧過去一起生活的點點滴滴，已經形同家人——

——還有一個月又幾天。

突然間，陽葵決定的期限掠過腦海。

看似還有段時間，不過感覺上一定很短暫吧。

一想像要與她離別，自己的心不由得感到「寂寞」，對此我已經不打算否認。

把小吃攤的食物全部吃過一遍——我們雖然立下壯志，但是就結果而言我們只吃了兩道就不行了。

原因在於我們一開始吃了「巨大炸雞塊」，接下來是「咖哩」這種飽足感十足的菜色。

從比較近的攤位開始照順序品嚐，完全是戰略失誤。

坦白說我還能再吃下去，不過要拋下陽葵獨自一人繼續吃，這樣感覺也不太對，於是我決定配合她。

「嗚～～……肚子比想像中脹。我還想吃熱狗、章魚燒和可麗餅耶……」

「總之先去體育館吧。也許過一段時間就能再多吃一些。」

「就這樣吧……」

換作是奏音，應該真能把小吃攤的食物全部掃過一輪吧。

我不禁這麼想著，離開中庭。

走進體育館，舞台之外的照明都關閉了。

舞台上，數名女孩正隨著快節拍的曲調舞動。

「現在好像是舞蹈社的表演喔。」

陽葵確認了節目表，如此說道。

色彩豐富的聚光燈鮮明地閃爍，陽葵的側臉也被照得色彩繽紛。

女孩們展現整齊劃一的激烈動作，看得出為了這天做了相當充分的練習。

大概是她們努力的模樣打動了我，過去全心投入的事物掠過腦海。

儘管我的確無法成為「特別」的人物。

全心投入一件事的那段時光並非幻影，而是無庸置疑的事實，永久存在於自己心中——

而這群女孩則毫無疑問正全力活在「當下」。

在舞台上不停舞動的陌生少女們，看在我眼中格外眩目。

舞蹈結束後，接下來上演的是戲劇社的話劇。

雖然劇名是充滿少女情愫的《人魚公主》，但是人魚公主、王子、修女、魔女以及人魚公主的姊姊們，出現在舞台上的演員全部都是男性。

明明是悲傷的故事，卻由體格壯碩的男同學們拉高音調說出台詞，觀眾席不時傳出歡樂的笑聲。我們也受到氣氛影響，不由得跟著笑了。

怪腔怪調的人魚公主就這麼持續進行——

「哎呀，真的好好玩。性別轉換哏在二次元和三次元都同樣美味呢。」

「美味嗎……」

「是的。話說回來，人魚公主啊……」

陽葵寂寞地呢喃，看向我——

一顆淚珠自陽葵的眼角滾落，倏地滑過臉頰。

「——！怎麼了？」

「沒、沒事。那個……對不起。剛才那齣戲，看起來雖然很開心，但是故事本身還是很悲傷……」

「確實是悲劇沒錯啦……」

人魚公主——這是我第一次知道故事大綱。

人魚公主原本和姊姊們一同快樂生活。規定到了15歲就能造訪人類的世界，人魚公主一直期待著自己15歲的生日。

這一天終於到了。人魚公主自海面探出頭，便對船上的王子一見鍾情。

但因為受到突如其來的暴風襲擊，王子自船上落海，人魚公主救了他，在岸邊不停呼喚著他。

這時人魚公主察覺到有人靠近，連忙躲進海中。現身的是一位修女，她照顧倒在岸邊的王子。王子在這時醒來，誤以為修女是自己的救命恩人。

人魚公主強烈希冀自己也能成為人類待在王子身邊，便請求魔女：「讓我變成人類。」魔女告訴她，代價是她會失去聲音，而且如果王子與其他人結婚，她就會化為泡沫消失。人魚公主接受了這些條件，喝下變為人類的藥，在王子的城堡附近睡著。

人魚公主甦醒後，心上人王子出現在眼前，但失去聲音的人魚公主無法吐出隻字片語。

儘管如此，王子還是帶著人魚公主回到城堡，一同生活。

然而，王子依舊念念不忘當時救了自己的修女。人魚公主想說其實是自己救了他，但她

不久後鄰國向王子提親，鄰國的公主正是王子朝思暮想的那位修女。

這樣下去人魚公主會變成泡沫消失——察覺危機的姊姊們給了人魚公主一把短刀，要她殺害王子，但是人魚公主終究無法殺死王子——

最後人魚公主投身入海，化為泡沫消失。

——是這般悲劇的愛情故事。

我原本只大略知道最後「變成泡沫」的結局，沒想到過程竟然是這樣⋯⋯情緒豐富的陽葵會忍不住落淚也不奇怪。

「那個⋯⋯如果，我只是說如果，如果駒村先生是王子⋯⋯」

「嗯？」

這前提也太突兀了吧？如果我是王子？

我感到納悶的同時，等陽葵繼續說下去。

「如果⋯⋯變成人類的人魚公主能夠出聲⋯⋯駒村先生覺得自己會怎麼做？駒村先生是王子的話，會和人魚公主結婚嗎？」

「這個嘛⋯⋯大概，不會吧。」

「──咦？」

「假使人魚公主說『其實是我救了你』，但是變成人類的人魚公主無法證明是她救了我。所以我會把目前對修女懷抱的心情放在第一⋯⋯大概吧。」

「就算人魚公主說『我喜歡你』也一樣嗎？」

在體育館昏暗的燈光照明下，陽葵的眼神是那樣認真──

於是我明白了。

陽葵借用這個「假設」吐露自己的心情──

這並非單純的假設，而是藉此象徵她的心情。

我淺淺地吐出一口氣——下定決心後開口：

「是啊，不會改變。我不會和人魚公主結婚。」

「…………這、這樣啊……」

陽葵神色憂傷地挪開視線。

胸口傳來一陣刺痛，那是良心所在的位置吧。

也許在陽葵心中，我成為了形同王子的存在，不過我並不是什麼尊貴的王子。

只是平凡的上班族。

況且我在電車上與陽葵初次見面時就沒幫上她，只是對她搭話而已。

允許她住進家裡也是因為奏音開口。如果奏音不在，我早就把她趕出去了。

我明明就不是陽葵期待的那種人——

「……快十一點了，我們走吧。」

注意到奏音的休息時間已經逼近，我們離開體育館。

陽葵好一陣子沉默不語。

再度來到教室時，正好撞見奏音到走廊上。

「哦，時間剛好啊。」

「小奏不用換衣服嗎？」

「嗯。休息時間結束後還要上工。雖然有點害臊，反正有很多女生打扮也像這樣，我想說就算了。」

像是剛才那些舞蹈社的女生，我不時瞧見有學生穿著舞台表演用的服裝在校內四處走動。這樣一想，奏音其實也差不多吧。

「沒有太多時間，就快點出發吧。我想逛小吃攤～～」

「我就知道妳會這樣說。」

奏音胃口很好，無法想像她會忽視各種小吃。

奏音不愉快地嘟起嘴。

「啊，我已經很飽，我就不吃了。」

陽葵有些顧忌地舉起手。剛才吃的炸雞塊和咖哩大概還沒消化吧。

「是喔～～……啊，那就牽手吧。」

「嗯！」

我完全無法理解前後文的邏輯關係。這就是時下女高中生與年近三十的男性之間的差異吧？

不……就算我還是高中生，恐怕同樣無法理解這之間的邏輯。

話雖如此，陽葵的笑容自從離開體育館後就不見蹤影，現在笑容回到她臉上，還是讓我安心不少。

儘管原因在我身上，我還是希望奏音和陽葵都能常保笑容。

這樣的心願終究是源自我的自私吧。

一抵達小吃攤所在的中庭，奏音的雙眼便綻放燦爛光芒。還真是藏不住啊。

「陽葵剛才吃了什麼？」

「炸雞塊和咖哩。」

「哦，分量十足嘛。那我也吃那個吧！」

奏音興高采烈，首先在炸雞塊的小吃攤排隊。我和陽葵則隔一段距離等候。

不久，奏音便拿著炸雞塊回到這裡，說著「幫我拿一下」把炸雞塊塞給我，緊接著又到咖哩的小吃攤前排隊。

奏音回到我們面前，得意洋洋地把炸雞塊擺到咖哩上頭。

「原來如此……我剛才也這樣吃就好了。」

「哼哼～～好吃的東西就該組合在一起嘛。」

「小奏，請一定要注意不要弄髒衣服喔。」

「唔，都忘了咖哩是白衣服的天敵。聽妳這麼一說，我開始緊張起來了……」

「啊，教室是飲食區喔，妳就坐著吃吧。」

於是我們移動到中庭旁邊的教室。一樓有數間教室提供遊客飲食。剛才我只是專心逛小吃攤，都沒注意到。

走進教室後，我和陽葵旁觀奏音吃光炸雞塊咖哩的模樣——奏音以驚人的速度吃光了咖哩。

我曾聽人說過咖哩等同飲料，難道炸雞塊也是飲料嗎？她的速度快到讓我不禁一瞬間這麼想。

奏音在家裡吃的時候，肯定相當克制自己的速度吧……

「小奏的吃相真是豪邁，有種爽快的感覺呢。」

「真的……」

陽葵這時噗哧一笑。

「妳……妳是怎麼了啦，陽葵。偶爾一天也沒關係吧……」

「抱歉抱歉。只是小奏的打扮……看起來好像在婚禮上大吃特吃的新娘，讓我一時忍不住。」

「嗚唔！」

奏音低聲呻吟，臉頰發紅。

「嗯。不過小奏看起來真的好像新娘喔，漂亮可愛又懂做菜的理想新娘，好棒喔。」

「陽、陽葵！妳在說什麼啦！」

儘管驚慌，奏音短短一瞬間看向我。

在白色婚紗打扮的奏音身上，高中生的童稚與成熟感同時並存，看起來的確很漂亮。但另一方面——

『畢業後我同樣能幫和哥做飯喔……』

我突然回憶起當時的對話，所以我——

「是啊。下次有機會就『教我做菜』吧。」

這瞬間，奏音的肩膀倏地顫動，臉頰緊繃。

「小奏……？」

「…………」

我剛才那句話究竟是何種意思，她大概已經理解了。

奏音輕聲回答：「嗯，知道了。」但近乎面無表情。

對不起，奏音……

不過我——

「啊，那個，我突然想到忘記買飲料了。剛好也有點口渴，我去買點飲料。」

奏音倏地站起身，陽葵見狀則說：「啊，我也口渴了。」跟在後頭。

我在兩人之後走出教室。

……比起我這種人，奏音值得更好的男性。

擁有無限可能性的年輕少女的心，不應該被我這種平凡又毫無長處的男人束縛。

我一方面這麼認為，但也因為明確地傷害了奏音的心而湧現一股難以言喻的罪惡感。

為什麼奏音和陽葵偏偏看上我——

在這之後，奏音又回到角色扮演咖啡廳的工作崗位上。

我們在展覽區繞了一圈，陽葵的胃依舊沒有空位，便提早離開學校。

哎，畢竟最大的目的還是參觀奏音的角色扮演咖啡廳，我沒有留下遺憾。

不過陽葵依舊念念不忘，呢喃說著：「熱狗……章魚燒……可麗餅……」

不管是熱狗、章魚燒或可麗餅，到超市或便利商店就隨時能吃到——不過重點恐怕不在這裡吧。

在不屬於日常的場所享用，這才是樂趣所在。

「那個，駒村先生，我有個地方想去……」

前往車站的途中，陽葵突然開口。

「嗯？怎麼了？」

「呃……那個，我想買書。當然錢是用我的打工薪水來付。」

「是喔。只是要去書店的話，是沒關係啊。」

在陽葵來到我家之後，我確實沒有買過書。唉，我原本就不怎麼買書就是了。

但是陽葵應該很喜歡漫畫，一直過著沒有漫畫的生活想必很難受吧。於是我們決定繞點遠路。

在陽葵的帶領下，我們來到了人稱「御宅系」的店家聚集的地區。

因為正值假日，路上行人也不少。

之前去陽葵的女僕咖啡廳時，我也有同樣的感想。因為我幾乎不曾來過這種店家聚集的地方，映入眼簾的店都顯得新鮮。

當我懷著幾分觀光般的心情走在街上。

突然間，陽葵使勁拉我的手臂，把我拖進建築之間狹窄的小巷。

「——！陽、陽葵，怎麼了嗎！」

陽葵不回答，只管往狹窄小巷的深處走去。

她使勁握住我的手臂的力道，顯示了她心中劇烈的焦急。

四周飄盪著濃烈的油煙味。也許是因為這裡是中式餐廳的後方吧。

「對不起，駒村先生……請讓我躲一下。」

陽葵終於停下腳步，低聲呢喃，臉色鐵青。

她的背緊貼著建築的牆面，讓電表遮擋她的臉。

同時她緊緊捏住我的衣角，那隻手有點顫抖。

小巷窄得讓人無法並肩通行，因此現在的姿勢就好像我把陽葵硬是壓在牆邊。

我要詢問理由的下一刻，陽葵先開口了：

「剛才在路上……我看到了和我家有關的人……我真想不到居然會來到這裡……」

聽她這麼說，我覺得自己的體溫瞬間往下掉。

「……外表長怎樣？」

「二十歲左右的年輕女性，黑長髮，身高比我高一些，穿著白色襯衫……」

我斜眼看向大街。

從狹窄的小路看過去，只能看見男女老幼等形形色色的人一瞬間自隙縫通過的模樣。沒有人往這條狹窄小巷看過來。

儘管如此，我還是為了不讓陽葵被看見，用手臂擋住她的身子。

大街方向人聲鼎沸，但我和陽葵身旁只充斥著令人刺痛的緊張感。

好一段時間，我靜靜觀察大街——

「啊………」

恰巧有一名符合陽葵所說的特徵的女性走過——

緊接著，一瞬間眼神對上。

那異樣銳利的目光簡直像追捕獵物的肉食猛獸。

「———！」

我不由得屏息。

冷靜下來。她應該看不見陽葵。

從那邊看過來，我們應該只像一對在窄巷裡親熱的男女。

那女性看向我這邊——

隨即像是「看見了不該看的事物」一般轉頭向前，自窄巷前方走過。

我感覺到心臟以平常兩倍的速度跳動。

背上漸漸滲出冷汗。

身體明明沒有動作，呼吸卻急促得像才剛奔跑過。

我好一段時間一動也不動。不，應該說無法動彈。

我們在這裡逗留了多久呢？

然而我在這段時間無法思考任何事。

萬一陽葵躲在我家的事情曝光了該怎麼處置？就連這些事都無法思考。

腦袋裡只有一片空白。

「那、那個……駒村先生……」

聽見陽葵的呼喚，我這才回過神來。

現在注意到也許有點太遲了，和陽葵的距離似乎太近了些——對此我不知為何並不放在心上。

「她還在嗎？」

「……我去看看。」

我離開陽葵，自窄巷走向大街。

我朝著剛才那名女性的移動方向仔細觀察，但沒有見到疑似那個人的身影。

我擺出圓圈狀的手勢，默默告知陽葵。

陽葵戰戰兢兢地走出窄巷。

「欸，剛才那個人——」

「她是……不要邊走邊說，讓我先回家再解釋可以嗎……？」

現在確實還是盡早離開此處為妙。其實我也想離開。

打消了逛書店的念頭，我和陽葵快步走向車站。

※　※　※

園遊會結束後，全體學生在校內開始收拾。

奏音班上也是所有人都結束更衣，流暢地開始復原工作。

「哎呀～～真沒想到會有這麼多人來。」

「就是說啊。話說，奏音，我們之前遇見的妳那個表妹也來了嘛。」

「她旁邊的大哥哥是妳表哥吧？」

由衣子和小麗一面剝除牆面裝飾一面對奏音問道。

「啊……嗯。他們兩個都來了，我也很高興。雖然有點害羞就是了……」

「還在謙虛。那套禮服明明就很合適啊。」

「嗯～～我覺得那件誰穿起來都合適就是了……」

「有這回事嗎？是奏音穿才會那麼好看。」

「就是說啊，我不行啦。那個裙襬長度我不行！」

眾人一面閒聊，一面迅速著手收拾。

準備時明明那麼耗費時間，但是收拾起來的速度卻是兩倍以上，感覺有點寂寞——奏音這麼想著。

今年的園遊會真的很開心。

開心歸開心——也在心裡留下一大片陰霾。

（我是不是被和哥拒絕了……）

他也許只是單純發自內心想請奏音指導料理才那麼說，也有可能並非如此。

越是去想，思考就越是朝負面的方向前進。

奏音使勁甩頭，趕跑那些不好的念頭。

現在必須集中精神收拾。

順帶一提，奏音知道母親沒有參加今天的園遊會。

因為之前傳給母親的園遊會門票的相片，在今天早上仍未出現已讀的標記。

不過母親去年也因為工作而沒辦法參加，奏音對此並不覺得特別失望。

這是從國小的教學參觀就屢次經驗至今的「總是如此」。

「啊～～……抱歉。我去一趟洗手間。」

「知道啦。慢走喔～～」

離開教室後，奏音小跑步前往廁所。

廁所裡空無一人。她走進最靠近的隔間，關上門的瞬間，放在裙子口袋裡的智慧型手機開始震動。

奏音自口袋中取出智慧型手機，朝螢幕定睛一看。

「咦——」

奏音不由得驚呼，頓時愣住了。

社群軟體的圖示出現在智慧型手機的通知欄，人名是「媽媽」。

——居然會在這時收到回覆。

過去不管傳什麼訊息都如石沉大海。

訊息到底寫了什麼呢……

奏音以顫抖的手指點選那則通知。

社群軟體開啟，上面寫著兩行短短的句子。

『有點累了』。

『對不起』。

「…………」
奏音好一段時間默默注視著這兩行文字。
不久，淚水自奏音的眼眶止不住地滿溢而出。
這兩句話究竟蘊含了何種意義，光是這樣還無法真正理解。
儘管如此，充斥在奏音胸口的情感只有悲傷與無奈。

※　※　※

我和陽葵回到家，喝過茶後，兩人默默地站在廚房。
「駒村先生……」
聽見陽葵呼喚，我頓時緊張起來。
為了聽她說「剛才沒說完的話」。
陽葵吐出一口沉重如鉛的嘆息，再度吸氣——最後終於開口提起：
「我家——我家從祖父那一代起就在經營劍術道場……門下出了不少打進全國大賽的人，在業界算是滿有名氣的……」
陽葵吸了口氣，繼續說：

「剛才那個人，從我小時候就來劍道場參加訓練……以前也常陪我玩。而且她很明白我的興趣——怎麼辦？駒村先生，我說不定會被找到……」

泫然欲泣的陽葵如此問道，而我無法回答。

只有劇烈的焦躁感充斥在胸口。

待續

後記

大家好，我是福山陽士，非常感謝您閱讀本作品的第二集。

若您是先讀了第二集的超罕見讀者，初次見面，請多指教。記得看第一集喔。

那麼，這次的後記篇幅還不少。

不過我不想暴露劇情，也不喜歡在後記對本篇內容說個沒完，因此其實我在寫後記時常常苦於沒有話題。

加油啊……我要加油……

我個人的創作理念就先放一旁。

和輝等人住在公寓生活——因此（？）這次我想回顧我過去住過的房屋。

其實我累計已經搬家過六次了……

而且幾乎是一年一次，再加上每次都是自己一個人準備，真的是累壞人了。誰來稱讚我……

總而言之，大家要記得搬家後就先掛上窗簾喔。要不然早上的陽光很刺眼，而且入夜後從外頭一覽無遺喔……

先是第一間。

房內格局是兩房一廳，兩個房間都是和室。

位在兩層樓公寓的一樓，附有一個就庭院而言太過寒酸的曬衣場。

大概是70～80年代的建築吧？廚房的地板花紋看起來很有舊時代的感覺。以橘色為底，有很多花朵圖樣的那種（希望各位心領神會……）。

這裡的不便之處就是浴缸是正方形而且很狹小，外加沒有洗手台。

要在廚房的流理台刷牙漱口，對我來說很有抗拒感。讓我決定下一個住處一定要找附有洗手台的地方。

某一天，我沒開房內的電燈，就這麼用電腦玩遊戲的時候，面向庭院的落地窗居然靜靜地發出喀拉喀拉的聲響，朝一旁拉開了。

我連忙出聲：「是誰？」那氣息頓時消失。我連忙上前查看，發現有個穿著工作服的男性舉著一隻手，朝著鄰居的方向走去。

當時我見狀，腦海中冒出了：「隔壁鄰居因為忘記帶鑰匙而想從庭院進屋，搞錯位置打開了我家的落地窗吧？」於是我打開電燈，繼續玩遊戲。

過了大概一小時後，我才想到：「不對，那應該是小偷吧……？」

年輕時的我實在太天真了……

第二間是一層樓的兩房兩廳。

這間同樣是70年代的建築物——介紹上是這樣寫，不過已經完全改建過，裡頭和新屋沒兩樣。和室和木地板的房間同樣都是三坪，廚房和客廳都很寬敞！太棒了！

不但有盥洗室，浴室也很寬敞，而且浴缸甚至有熱水器，會自動告訴我「洗澡水已加熱完成」！現代人的生活！

啊，之前住的地方和這間都在岡山的鄉下地方，因此房租很便宜。或者該說都會的房子既昂貴又狹小……

那是個無從挑剔的好地方。不過隔壁是某魚板公司老闆的自家，超級豪華氣派，那棟房屋給人的衝擊力真是超乎想像……

魚板豪宅真是太扯了……太扯了……

此外，還發生了幾次不可思議的現象……

我把和室當作寢室使用，有天在深夜裡醒來，聽見了擺在客廳的電腦鍵盤逕自發出喀啦喀啦的聲響……

我告訴自己，只是自己睡昏頭才會冒出那種幻覺，藉此聽而不聞，不過那個聲音真是嚇死人了……而且還不只發生一次。

第三間。位在兩層樓公寓的一樓，兩房一廳的房間。

儘管曾經險些遭遇小偷，還是無法戰勝一樓房租的便宜。

當時我在某餐飲店工作，房間正好就在外送區域內。

店長馬上就說：「啊～～就是某某公寓吧！」看穿了我家的位置。

家門前的道路是單行道，這部分是有點不方便。

不過停車場會有名為「童話麵包店」的移動販賣車來喔……（大概只有岡山當地居民聽過）

以前老家附近也能見到的童話麵包店，在這地方居然也能買到……當時我真的滿開心的。

第四間。這次我離開岡山，首次來到大阪。

六層樓公寓的四樓，兩房一廳的房間。

在我搬家前，曾對職場同事提過我將搬過去的地區，結果所有人異口同聲說：「勸你不要……」不過就工作地點來說，我沒有其他選擇……

真如眾人所說，是個非常刺激的地方。

大白天就有爛醉的中年大叔在路口怪聲怪叫；附近的國小校長因為性騷擾而被逮捕；地區雖然不大，但一個月內有好幾次殺人事件也是稀鬆平常。

超市只開到晚上八點，很早就打烊。

起初我以為：「是不是因為老人家特別多？」但是我漸漸察覺社會的真相：就是因為夜裡治安不好才會提早關店……

在這樣的環境中，某一天我乘著淑女車前往超市。

我決定「今天走小路抄捷徑吧」而騎過後巷——

那裡正是黑道事務所的正門前，而且不巧撞見了有一群黑衣人整齊列隊，迎接走下黑色轎車的老大。

哪有這麼巧的……那大概是我對自己最用力吐槽的瞬間。

在小弟們的銳利視線下，我也只能若無其事地騎著淑女車經過……

儘管置身於這樣刺激滿點的環境，烤地瓜車會停在公寓前面這點，我還滿中意的。

啊，寫到這邊發現剩餘的頁數已經不多了……
反正第五間沒什麼特別的，跳過也無所謂吧。嗯。
那麼，在此刊出上次沒寫的友梨的生日與特質。

・道廣友梨　5月20日生　金牛座
溫柔富有社交性，治癒系
情緒豐富而纖細
缺乏自信，容易隨波逐流
稍嫌膽小，容易受傷

參考文獻：生日大全（主婦之友社）

接下來致上謝詞。
責任編輯，我想吃厚切牛舌。
シソ老師，感謝您繼第一集為本書繪製美麗的插畫。
第一集的時候也不例外，我覺得自從有了您的插畫，我才真正把這些男女角色看作活生生的人物。日後還請多多指教。

感謝各位讀者。對各位只能致上誠摯的謝意，真的感謝到不行，堪稱感激涕零。

……為什麼表達感激的詞彙如此貧乏呢……

此外，還有讀者寫信給我，我真的很高興！

（→目前正在舉辦「寄送小手冊給每位寫信的讀者」的企劃。詳情請看我的部落格，用「はるしらせ」當關鍵字搜尋……！）

這次露骨地在「下集待續」的地方收場。

呃，其實過去的作品也是這樣（我是先決定終點後朝著終點前進的那類作者）。

那麼，下一集再會吧。

國家圖書館出版品預行編目資料

一房兩廳三人行. 2, 這份心意無法深藏心底/福山陽士作；陳士晉譯. -- 初版. -- 臺北市：臺灣角川股份有限公司, 2021.10

面；　公分. -- (Kadokawa fantastic novels)

譯自：1LDK、そして2JK。 2, この気持ちは、しまっておけない

ISBN 978-986-524-892-5(平裝)

861.57　　110013847

Kadokawa
Fantastic
Novels

一房兩廳三人行 2
～這份心意無法深藏心底～

（原著名：1LDK、そして2JK。2～この気持ちは、しまっておけない～）

2021年10月20日　初版第1刷發行

作　者：福山陽士
插　畫：シソ
譯　者：陳士晉
發 行 人：岩崎剛人
總 編 輯：蔡佩芬
編　輯：孫千棻
美術設計：宋芳茹
印　務：李明修（主任）、張加恩（主任）、張凱棋
發 行 所：台灣角川股份有限公司
地　址：104台北市中山區松江路223號3樓
電　話：（02）2515-3000
傳　真：（02）2515-0033
網　址：www.kadokawa.com.tw
劃撥帳戶：台灣角川股份有限公司
劃撥帳號：19487412
法律顧問：有澤法律事務所
製　版：尚騰印刷事業有限公司
ISBN：978-986-524-892-5